KB210169

젊은 시인에게 보내는 편지

Briefe an einen jungen Dichter
Briefe an eine junge Frau

Rainer Maria Rilke

라이너 마리아 릴케
송영택 옮김

젊은 시인에게 보내는 편지

찬란한
고독을 위한
릴케의 문장

문예출판사

일러두기 ─────────────────────────────

∘ 이 책은《젊은 시인에게 보내는 편지Briefe an einen jungen Dichter》와
《젊은 여인에게 보내는 편지Briefe an eine junge Frau》를 번역해 묶은 것입니다.
∘ 옮긴이 주는 〔 〕로 표기했습니다.

인생은 옳은 것입니다,
어떠한 경우에도.

|

라이너 마리아 릴케

차례

○

젊은 시인에게 보내는 편지

○

젊은 여인에게 보내는 편지

———

•

작품 해설 — 근대 언어예술의 거장

•

R. M. 릴케 연보

젊은 시인에게 보내는 편지 ——

1902년의 늦가을이었다. 나는 빈의 신시가에 있는 육군대학 교정의 밤나무 고목 아래 앉아 책을 읽고 있었다. 독서에 열중한 나머지 나는 우리 교수 가운데 군인이 아닌 단 한 사람의 선생, 학문에 조예가 깊고 친절한 교목校牧 호라체크 선생이 와서 내 곁에 앉은 것조차 모를 정도였다. 그는 내 손에서 책을 거두어 찬찬히 표지를 들여다보고는 의아스러운 듯이 고개를 저었다. "라이너 마리아 릴케의 시집인가요?"라고, 그는 무엇인가 깊이 생각에 잠긴 듯한 모습으로 물었다. 그리고 이리저리 책장을 뒤적여서 두어 편의 시를 훑어보고는 생각에 잠겨 먼 곳을 바라보다가, 마침내 고개를 끄덕이며 이렇게 말했다.

"그럼 그 르네 릴케라는 생도는 시인이 되었군."

이리하여 나는, 15년 전쯤 장차 군인이 되고자 부모에 의해 장크트 푈텐 육군유년학교에 입학한 그 여위고 안색이 좋지 못한 소년의 이야기를 듣게 되었다. 당시 호라체크 선생은 그 학교 교목으로 근무했던 것이다. 그리고 그는 당시의 생도를 아직도 똑똑히 기억하고 있었다. 그 생도는 차분하고 진지하고 뛰어난 재능을 가진 소년으로, 언제나 혼자 있기를 좋아했다고 한다. 강제적인 기숙사 생활을 끈기 있게 견뎌내고 4년 후에는 다른 생도들과 함께 메리시 바이스키르헨에 있는 육군고등실업학교로 진학했지만, 그곳에서는 그의 체질에 충분한 저항력이 없다는 사실이 분명해졌으므로, 그의 부모가 학교를 자퇴시키고 고향인 프라하에서 학업을 계속하게 했다는 것이다. 그 후 그의 외적 생활이 어떠했는지, 그것은 호라체크 선생도 모른다고 했다.

이렇게만 말하면, 내가 그 자리에서 곧 나의 습작 시詩를 라이너 마리아 릴케에게 보내 그의 비평을 받으려고 결심한 것을 쉽게 이해할 수 있을 것이다. 아직 스무 살도 채 안 되고 적성과는 정반대라고 느껴지는 직업에 발을 들여놓은 나는, 만약 누군가가 나를 이해한다면《나의 축제를 위하여Mir zur Feier》의 시인이 이해해주기를 바랐다. 그리하여 나 자신도 정말 그렇게까지 하려고는 생각하지 않았는데, 나의 시에 덧붙일 편지를 쓰고 말았다. 그 편지에서 나는 전에 없이 내 속마음을 털어놓았던 것이다. 그 후 누구에게도 해본 적 없는 일이었다.

몇 주일이 지나서 마침내 답장이 왔다. 파란 봉인의 그 편지는 파리 소인이 찍혀 있고, 손에 들자 묵직했다. 그리고 봉투에는 명료하고 아름답고 정확한 글자가 적혀 있었다. 본문도 첫째 줄부터 마지막 줄에 이르기까지 그와 같은 글씨로 채워져 있었다. 이리하여 나와 라이너 마리아 릴케의 규칙적인 편지 왕래가 시작되었다. 1908년까지 계속되던 편지 왕래는 그 후 차츰 소원해져서, 마침내는 끊어지고 말았다. 그것은 내가 생활에 쫓겨, 시인의 따뜻하고 상냥하고 감동적인 심려가 나로 하여금 들어서지 못하게 하던 영역으로 내가 들어섰기 때문이다.

그러나 그것은 중요하지 않다. 중요한 것은 여기에 모은 열 통의 편지이다. 이것은 라이너 마리아 릴케가 살고 또한 창작한 세계를 인식하는 데 중요하다. 그리고 또 오늘과 내일의 많은 성장해가는 사람들에게도 중요하다. 두 번 다시 나타나지 않을 위대한 사람이 이야기할 때 젊은이들은 입을 다물지 않으면 안 되는 것이다.

베를린에서 1929년 6월
프란츠 크사버 카푸스 Franz Xaver Kappus

친애하는 카푸스 씨

보내주신 편지는 바로 2, 3일 전에 받았습니다. 저에게 보내주신 깊은 신뢰감에 감사드립니다. 제가 할 수 있는 것은 그뿐입니다. 지금 당장 당신의 시풍詩風에 대해서 무어라고 말할 수는 없습니다. 비평 같은 것은 일절 하고 싶지 않기 때문입니다. 하나의 예술 작품을 대하는 데 비평적인 언사로 대하는 것만큼 부당한 일은 없습니다. 그것은 결국 많든 적든 그럴싸한 오해로 끝나기 마련입니다. 사물은 모두 세상 사람들이 믿게 하려는 만큼 그렇게 쉽게 파악되는 것도, 말로 할 수 있는 것도 아닙니다. 대개의 일은 말로써 할 수 있는 것이 아니고, 말

따위는 전혀 뛰어든 적이 없는 세계에서 일어납니다. 그리고 어느 무엇보다도 말로써 다 할 수 없는 것이 예술 작품입니다. 그것은 비밀로 가득 찬 존재로서, 그 생명은 하루하루 소멸해 가는 우리의 생명 곁에서 영속하는 것입니다.

이 정도의 주의를 전제로 하고, 저는 다음과 같은 말을 드릴 수 있을 뿐입니다. 당신의 시에는 독자성이 없지만, 개성적인 것이 될 수 있는 은밀한 소질이 내포되어 있습니다. 그 점을 가장 뚜렷하게 느낄 수 있는 것은 〈나의 영혼〉이라는 마지막 시입니다. 거기에는 어떤 독자적인 것이 언어와 방법에 나타나려 하고 있습니다. 그리고 〈레오파르디에게〉라는 아름다운 시에는 이 위대하고 고독한 시인과의 어떤 친근성이 자라나고 있습니다. 그렇기는 해도 이들 작품은 그 자체로서 아직 가치가 없고, 또 독립되어 있다고는 말할 수 없습니다. 마지막의 시도, 그리고 레오파르디에게 바치는 시도 역시 그렇습니다. 시와 함께 보내주신 당신의 호의 넘치는 편지는, 제가 당신의 시를 읽고 느끼기는 했지만 명확히 이렇다 하고 지적할 수 없었던 여러 가지 결점을 스스로 설명하고 있습니다.

당신은 당신의 시가 좋은지 어떤지를 묻고 있습니다. 당신은 저에게 묻고 있습니다. 이전에는 다른 사람들에게 물었습니다. 당신은 잡지에 시를 보냅니다. 당신은 그것을 다른 시와 비교합니다. 그리고 어떤 편집자가 당신의 시를 거절하는 일이 생기면, 당신은 불안을 느끼게 됩니다. 그렇다면 (당신은 제가 충고를 드려도 좋다고 하셨으니까) 저는 당신에게, 그러한 일은 일절 그만두기를 부탁드립니다. 당신은 바깥으로 눈을 돌리고 있습니다. 그런데 그것이 지금 무엇보다도 당신이 해서는 안 될 일입니다. 아무도 당신에게 충고를 하거나 도와줄 수 없습니다. 누구도 할 수 없습니다. 단 하나의 방법이 있을 뿐입니다. 자신의 내면으로 들어가십시오. 당신에게 글을 쓰라고 명령하는 근거를 찾아내십시오. 그것이 당신 마음의 가장 깊은 곳에 뿌리를 펴고 있는지를 살펴보십시오. 글쓰기를 거부당한다면 차라리 죽음을 택하겠는지를 스스로에게 고백해보십시오. 무엇보다도 먼저, 당신이 맞는 밤의 가장 고요한 시간에 **'나는 쓰지 않으면 안 되는가'**라고 자신에게 물어보십시오. 마음속을 파헤쳐 들어가서 깊은 대답을 찾으십시오. 만약 대답이 긍정적이라면, 만약 당신이 이 진지한 물음에 굳세고도 단순하게 **'나는 쓰지 않을 수 없다'**는 말로 대답할 수가 있다면, 그때에는 당신의 생활을 이 필연성에 따라 구축하십시오.

당신의 생활은 가장 하잘것없는, 가장 사소한 순간에 이르기까지 이 절박감의 표시가 되고 증명이 되지 않으면 안 됩니다. 그때에는 자연으로 다가가십시오. 그때에는 당신이 보고, 체험하고, 사랑하고, 그리고 잃는 것을 마치 인류 최초의 사람처럼 표현하도록 노력하십시오. 연애시를 쓰셔서는 안 됩니다. 처음에는 너무나 잘 알려진 평범한 형식은 피하십시오. 이것은 가장 어려운 일입니다. 왜냐하면 훌륭하고 부분적으로 매우 뛰어난 작품이 옛날부터 많이 있는 곳에서 독자적인 것을 만들어내려면, 위대하고 성숙한 힘이 필요하기 때문입니다.

그러므로 일반적인 주제는 피하고, 당신 자신의 일상생활이 제공하는 주제로 달아나십시오. 당신 자신의 슬픔이나 소망, 스쳐 가는 생각, 무엇인가의 아름다움에 대한 신앙을 그려보십시오. 이 모두를 열렬하고 조용하며, 겸허한 솔직함으로 그리도록 하십시오. 그리고 자기 자신을 표현하기 위해 당신 주위의 사물이나 당신 꿈의 이미지, 당신의 추억 속 대상을 이용하십시오. 만약 당신의 일상이 가난하게 여겨진다면, 그 일상을 비난하지 말고 당신 자신을 비난하십시오. 아직은 참다운 시인이 아니기 때문에 일상의 풍요를 불러일으킬 수가 없다고 스스로에게 말하십시오. 왜냐하면 창작하는 사람에게는 가난이라는 것도, 가난하고 하잘것없는 생활의 장소라는 것도 없기 때문입니다. 그리고 가령 당신이 감옥에 갇혀 그 벽이 세상의 소리를 조금도 당신의 감각에 전해주지 않는다 해도, 당신에게는 아직 당신의 어린 시절이라는 저 귀중하고 훌륭한 재산이, 저 추억의 보고寶庫가 있지 않습니까. 그곳으로 관심을 돌리십시오. 먼 과거의 가라앉아버린 감동을 되살리도록 노력하십시오. 당신의 개성은 확고해지고, 당신의 고독은 폭을 더해 차츰 밝아가는 하나의 주거住居가 되어, 다른 사람들의 소음은 멀리 관계도 없이 그저 스쳐 가게 될 것입니다.

그리하여 이러한 내면으로의 전향에서, 자기 세계로의 침하에서 시가 태어날 때, 당신은 그 시가 좋은 시인지 누구에게 물으려 하지 않을 것입니다. 또한 잡지에 이들 작품에 대한 흥미를 환기시키려 하지도 않을 것입니다. 왜냐하면 당신은 이들 작품에서 당신이 타고난 소중한 재산, 당신 생명의 한 조각, 생명의 목소리 같은 것을 보게 될 것이기 때문입니다. 예술 작품은 그것이 필연에서 생겨났다면 좋은 것입니다. 이러한 기원의 본래적인 자세 속에야말로 예술 작품에 대한 비판이 있지, 그 이외의 비판은 없습니다.

그러므로 저는 당신에게 이렇게 충고할 수밖에 없습니다. 당신의 내면으로 들어가서 당신의 생명이 솟아나는 깊은 밑바닥을 찾아보십시오. 그 원천에서 당신은, 창조하지 않고는 배길 수 없는가 하는 물음에 대한 대답은 찾아낼 수 있을 것입니다. 그 대답을, 그것이 들려오는 그대로의 의미를 밝히려고는 하지 말고 받아들이십시오. 아마도 당신이 예술가가 될 사명을 지니고 있음을 알게 될 것입니다. 그때에 당신은 그 운명을 받아들이고, 외부에서 올지도 모르는 보수에 대해서는 절대로 개의치 말며, 그 운명을, 운명의 무게와 위대함을 참고 견디십시오. 왜냐하면 창작하는 사람은 그 자신이 하나의 세계여야

하며, 모든 것을 자기 자신 속에서, 또 자신이 연관된 자연 속에서 찾아내지 않으면 안 되기 때문입니다.

그러나 아마도 당신은 이렇게 자신의 내면이나 고독 깊이 내려간 후에도 시인이 되는 것을 단념하지 않으면 안 될 적이 있을지도 모릅니다. (이미 말씀드린 바와 같이, 쓰지 않고도 살아갈 수 있다는 것을 느낀다면, 이미 그것만으로도 시인이 될 자격이 없는 것입니다.) 그러나 그런 경우라도 내가 당신에게 부탁하는 저 내면으로의 전향이 헛된 일은 아니었을 것입니다. 어떻든 당신의 생명은 그때부터 독자적인 길을 찾아낼 것입니다. 그리고 그 길이 훌륭하고 풍요롭고 먼 길이기를, 말로는 다 할 수 없을 만큼 저는 바라고 있습니다.

이 이상 더 무슨 말을 하겠습니까. 모든 것을 본래대로 올바르게 말씀드린 것 같습니다. 다만 마지막으로, 당신이 자신의 발전을 통하여 조용하고도 진지하게 성장을 이루어가시라고 충고드리고 싶습니다. 당신이 바깥으로 눈을 돌려, 아마도 당신의 가장 조용한 시간에 당신의 가장 내면적인 감정만이 대답할 수 있을 물음에 대하여 바깥에서 대답을 기대하는 것만큼, 당신의 발전을 크게 해치는 것도 없습니다.

당신의 편지에서 호라체크 교수의 이름을 보게 되어 저는 기뻤습니다. 저는 이 경애하는 학자에게 깊은 존경심과 오랫동안 변하지 않는 감사의 마음을 지니고 있습니다. 아무쪼록 저의 이 마음을 전해주십시오. 선생님이 아직까지 저를 기억하고 계시다는 것은 무척 고마운 일입니다. 소중히 여기겠습니다.

신뢰감과 함께 보내주신 작품을 동봉하여 돌려드립니다. 그리고 진심으로 보여주신 커다란 신뢰감에 다시 한 번 감사를 드립니다. 저로서는 알고 있는 것을 모두 솔직히 대답함으로써, 사실은 아직 면식이 없는 사람이면서도 얼마간이나마 신뢰감에 어울리는 자가 되려고 애썼던 바입니다.

당신을 진심으로 위하는 마음으로,
라이너 마리아 릴케

이탈리아, 피사 근교 비아레조,
1903년 4월 5일

─────────

Viareggio bei Pisa(Italien),
am 5. April 1903

친애하는 카푸스 씨 ────────────────────

당신의 2월 24일 자 편지에 겨우 오늘에야 인사드리게 된
것을 용서하십시오. 줄곧 몸이 편치 않았습니다. 그렇다고 병
을 앓는 것은 아닙니다만, 인플루엔자에 걸린 것처럼 나른한
기가 빠지지 않아서 아무 일도 손에 잡히지 않았습니다. 그리
고 조금도 나아질 것 같지 않아서, 마침내 이 남국의 해안으로
온 것입니다. 전에도 한 번 이곳에 와서 좋아진 적이 있습니다.
그러나 아직도 몸이 회복되지는 않았습니다. 글을 쓰기가 고
통스럽습니다. 그래서 이 짧은 편지를 실은 더 긴 것으로 여기
고 읽어주셔야겠습니다.

물론 당신의 편지는 언제나 기꺼이 받아 봅니다. 이 점은 알아두셔야 합니다. 다만 답장에 있어서는 당신이 곧잘 허탕을 칠 경우가 있을지 모릅니다만, 아무쪼록 관대하게 보아주십시오. 왜냐하면 결국에 있어서, 그리고 바로 가장 깊고 가장 중요한 일에 있어서 그야말로 우리는 말할 수 없이 고독하기 때문입니다. 그리고 한 인간이 다른 인간에게 충고를 한다거나, 나아가 돕거나 할 수 있으려면 많은 일이 일어나지 않으면 안 되고, 그것이 잘 이루어지기 위해서는 또한 많은 것이 성공해야 하고 사물의 완전한 질서 체계가 실현되지 않으면 안 되기 때문입니다.

오늘은 두 가지 일에 대해서만 말씀드리려고 합니다. 그 하나는 아이러니입니다.

아이러니에 지배되어서는 안 됩니다. 특히 비창조적인 순간에는. 창조적인 순간에는 오히려 삶을 파악하는 수단의 하나로 그것을 이용해보십시오. 순수하게 쓴다면 아이러니 또한 순수합니다. 결코 이것을 부끄러워할 필요는 없습니다. 아이러니에 너무 친밀감을 느끼게 된다면, 아이러니와의 친밀도가 깊어지는 것이 두려워진다면, 그때에는 아이러니가 그 앞에 서면 보잘것없고 듬직하지 못한 것이 되어버릴 그런 위대하고 진지한 대상으로 눈을 돌리십시오. 사물의 깊이를 추구하십시오. 아이러니는 결코 거기까지 내려가지 않습니다.

그리고 당신이 위대함의 가장자리까지 갔을 때, 이 파악의 방법이 당신 본질의 필연성에서 나오는지를 시험해보십시오. 왜냐하면 진지한 사물의 영향을 받는 가운데 아이러니는 (그것이 우연적인 것일 때) 당신에게서 이탈하든가, 아니면 (그것이 진실로 당신의 천성적인 것이라면) 한층 진지한 도구로 강화되어 당신의 예술을 형성하는 데 없어서는 안 될 갖가지 수단의 하나가 될 것이기 때문입니다.

그리고 오늘 제가 당신에게 말씀드리고자 한 다른 하나는 이러한 것입니다.

제가 가지고 있는 모든 책 중에서 제게 없어서는 안 될 것은 극히 소수입니다. 그리고 제가 어디에 있든 언제나 제 짐 속에 있는 것은 두 권뿐입니다. 그것은 여기에서도 바로 제 곁에 있는데, 한 권은 성서이고 다른 한 권은 덴마크의 위대한 시인 옌스 페테르 야콥센Jens Peter Jacobsen의 책입니다. 당신은 그의 작품을 알고 계신지요. 쉽게 구할 수 있는 책입니다. 그 일부가 레클람 문고 가운데 매우 좋은 번역으로 나와 있으니까요. J. P. 야콥센의 《여섯 단편》이라는 얇은 책자와 그의 장편소설 《닐스 뤼네Niles Lyhne》를 구해서, 첫 번째 책 처음에 나오는 〈모겐스Mogens〉라는 단편부터 읽기 시작하십시오. 한 세계의 행복이, 부富가, 이해하기 어려운 위대함이 당신을 감쌀 것입니다. 잠시 동안 이들 책 속에서 생활해보십시오. 그리고 그것에서 배울 가치가 있다고 생각되는 것을 배우십시오. 그러나 무엇보다도 먼저 이들 책을 사랑해주십시오. 그 사랑은 몇천 배가 되어 당신에게 되돌아올 것입니다. 설령 당신의 일생이 어떻게 되든, 그 사랑은 당신의 갖가지 경험이나 환멸, 기쁨 등의 모든 실 중에서 가장 중요한 실이 되어 당신 생성의 직물 사이를 꿰뚫어갈 것이라고 저는 확신합니다.

창작의 본질에 대해서, 그 깊이나 영원성에 대해서 무엇인가를 알게 된 것은 누구의 덕인가, 그 이름을 들라고 한다면 제가 말할 수 있는 이름은 오직 둘뿐입니다. 위대한, 위대한 시인 야콥센과, 현존하는 모든 예술가 가운데 누구와도 비길 수 없는 조각가 오귀스트 로댕Auguste Rodin 입니다.

당신의 앞길에 모든 성공이 있기를.

•

당신의,
라이너 마리아 릴케

이탈리아, 피사 근교 비아레조,
1903년 4월 23일

_____

Viareggio bei Pisa(Italien),
am 23. April 1903

친애하는 카푸스 씨 _____

부활절의 편지는 저를 무척 기쁘게 했습니다. 당신에 대해서 여러 가지로 좋은 일이 적혀 있었고, 그리고 야콥센의 위대하고 그리운 예술에 대해서 당신이 이야기하는 태도로 보아, 당신의 생활과 그 많은 문제를 이 충실한 세계로 안내한 제가 잘못한 것이 아니었음을 알았기 때문입니다.

이번에는《닐스 뤼네》를 펼쳐보십시오. 훌륭하고 깊이가 있는 책입니다. 몇 번이고 되풀이해서 읽을수록, 인생의 가장 미미한 향기부터 인생의 가장 무거운 과일의 풍요한 깊은 맛에 이르기까지 모든 것이 함유되어 있는 듯 여겨집니다. 거기에 이해되고 파악되고 경험되지 않았던 것, 추억의 미미하게 떨리는 여운 가운데 인식되지 않았던 것은 하나도 없습니다. 어떠한 체험도 결코 무의미하지 않으며, 아무리 사소한 일도 운명처럼 전개되어 나갑니다. 그리고 운명 자체는 불가사의한 넓은 직물 같아서, 그 속에서는 한 올 한 올의 실이 한없이 상냥한 손에 의해 짜이고, 다른 실 옆에 나란히 놓이며, 다른 수백의 실에 의해 지탱되어 있습니다. 처음으로 이 책을 읽는다는 커다란 행복을 당신은 경험하게 될 것입니다. 그리고 하나의 새로운 꿈속을 지나가듯 당신은 이 책이 주는 무수한 놀라움 속을 지나갈 것입니다. 그러나 저는 확신을 가지고 말씀드릴 수가 있습니다. 독자는 나중에라도 몇 번이고 경탄하며 이들 책 속을 지나갈 것입니다. 이들 책은 그 놀라운 힘과, 처음으로 읽을 때 독자에게 준 동화 같은 느낌을 조금도 잃지 않을 것입니다.

이 책을 읽는 독자는 점점 즐기게 되고, 더욱더 감사하게 될 것입니다. 어떤 의미에서 보다 착해지고, 사물을 보는 데 한층 단순해지며, 인생에 대한 신념이 더 깊어질 것입니다. 인생이 보다 황홀해지고, 보다 위대해질 따름입니다.

그 후에 당신은 마리 그루베의 운명과 동경을 그린 훌륭한 책(《마리 그루베 부인Fru Marie Grubbe》을 가리킴―옮긴이)을 읽어야 합니다. 또 야콥센의 편지와 일기와 단편적인 글, 마지막으로 (그저 그런 번역에 지나지 않습니다만) 무한한 울림을 전하며 살아 있는 그의 시를 읽어야 합니다. (그러려면 기회가 있는 대로 야콥센의 아름다운 전집을 구입하시기를 권합니다. 여기에는 위에서 말한 작품이 모두 실려 있습니다. 총 세 권으로, 번역도 좋습니다. 라이프치히의 오이겐 디드리히스 출판사에서 출간했는데, 가격도 제 기억으로는 아마도 한 권에 5마르크나 6마르크에 불과할 것입니다.)

〈이곳에 장미 핀다면…〉(이 작품은 그 치밀성과 형식 면에서 정말 비길 데가 없습니다)에 대한 당신의 의견은 서문을 쓴 사람에 비해서 그야말로 문제가 되지 않을 만큼 정당합니다. 그래서 지금 당장 부탁해둡니다만, 심미적이거나 비평적인 것은 되도록 읽지 마십시오. 그러한 것은 생명이 없는 경화된 상태에서 화석화한 무감각한 당파적 견해든가, 아니면 오늘은 이 견해가, 내일은 그 반대 견해가 승리한다는 식의 재치 있는 언어유희에 지나지 않습니다. 예술 작품은 무한히 고독한 것으로서, 비평으로 도달하기란 거의 불가능합니다. 오직 사랑만이 그것을 이해하고, 그것에 대해서 공평할 수가 있습니다. 그러한 논쟁이나 비평이나 해설에 대해서는 언제나 당신 자신과 당신 자신의 감정을 옳다고 하십시오. 만약 당신이 옳지 않다 하더라도 당신의 내적 생명의 자연스러운 성장이 서서히, 시간이 지남에 따라 당신을 전과는 다른 인식으로 이끌어갈 것입니다. 당신 자신의 판단이 조용하고 안정되게 발전하도록 두십시오.

그것은 모든 진보와 마찬가지로 내면의 깊은 곳에서 나와야 하는 것이며, 무엇에 의해서도 강제당하거나 촉진되는 것이 아닙니다. 달이 찰 때까지 잉태하였다가 낳는 것, 이것이 전부입니다. 모든 인상, 모든 감정의 싹을 완전히 자기 자신의 내면에서, 어두운 곳에서, 말할 수 없는 곳에서, 무의식 속에서, 자신의 오성이 도달할 수 없는 곳에서 완성하여 깊은 겸손과 인내로 새로운 분만의 시간을 기다리는 것, 이것만이 예술가의 생활이라 할 수 있습니다. 이해에서도, 창작에서도 마찬가지입니다.

그곳에서는 시간으로 재는 법이 없습니다. 해(年)라는 것은 의미가 없습니다. 10년쯤은 아무것도 아닙니다. 예술가란 계산하거나 세는 것이 아니고, 수목처럼 성숙하는 것입니다. 수목은 그 수액의 흐름을 재촉하지 않고, 봄날의 폭풍우 속에 유유히 서서 혹시 여름이 안 오는가 하고 걱정 같은 것은 하지 않습니다. 여름은 꼭 옵니다. 그러나 여름은 마치 눈앞에 영원이 있는 듯 아무 근심도 없이 조용히 드넓은 마음으로 기다리는 인내심 강한 사람들에게만 찾아옵니다. 저는 그것을 날마다 배우고 있습니다. 괴로워하면서도 배우고, 그 괴로움에 감사하고 있습니다. 인내야말로 전부입니다.

리하르트 데멜Richard Dehmel. 그의 책에 대해서는 (그리고 이 계제에 말씀드리자면, 제가 피상적으로 알고 있는 그의 인품에 대해서도) 아름다운 한 페이지를 만났는가 하면 이내 다음 페이지에서 그것을 모두 파괴해버려서, 사랑스러운 것을 하찮은 것으로 바꾸어버리는 것이 아닌가 하고 걱정하는 그런 형편입니다. 당신은 "정열적으로 살고 또한 시작詩作한다"는 말로써 그의 특징을 아주 잘 지적하고 있습니다. 사실 예술적 체험은 성적性的 체험과 그 고통이나 쾌감에 있어서 믿을 수 없을 만큼 흡사하므로, 이 두 가지 현상은 본래 같은 하나의 동경과 행복이 형태를 달리하고 나타났을 뿐이라고 할 수 있습니다. 만약 정열이라고 하는 대신 성性, 크고 넓고 순수한 의미로, 어떤 교회의 오류에 의해 의심적은 뜻으로 변형되지 아니한 의미로 성이라고 해도 좋다면, 그의 예술은 아주 위대하고 한없이 중요한 것이라고 할 수 있습니다. 그의 시의 힘은 위대하고, 원시적 충동처럼 강력합니다. 그것은 그 자체에 무분별한 독자적인 리듬을 내포하고 있어서, 마치 산에서 솟아나듯이 솟구쳐 나오는 것입니다.

그러나 이 힘은 반드시 늘 성실하고 허세가 없다고는 말할 수 없습니다. (그러나 이것이 또한 창작하는 사람에게는 가장 어려운 시련의 하나입니다. 창작하는 사람이 자기 최선의 장점에서 그 천진난만함이나 순수함을 잃지 않으려 한다면, 그는 언제나 그 장점을 의식하지 않는 사람, 예감하지 않는 사람이어야 합니다.) 그리고 이 힘이 술렁거리며 그의 본질 속을 지나서 성의 세계에까지 이를 때, 그

힘이 필요로 하는 정도로 완전히 순수한 인간은 좀처럼 찾아보기 어려운 것입니다. 거기에 있는 것은 완전히 성숙하고 순수한 성의 세계가 아니고, 충분히 **인간적**이 아니라 단지 **남성적**인 데 지나지 않는 세계, 욕정과 도취와 흥분의 세계, 남성이 그것으로 사랑을 왜곡하고 사랑에 무거운 짐을 지워온, 예부터의 편견과 교만을 짊어지고 있는 세계인 것입니다. **그는** 단지 남성으로서만 사랑할 뿐 인간으로서 사랑하는 것이 아니므로, 그의 성적 감정에는 무언가 좁은 것, 보기에 거칠거칠한 것, 추한 것, 일시적인 것, 영구적이 아닌 것이 있습니다. 그것이 그의 예술의 품위를 떨어뜨리고, 예술을 애매하고 의심쩍은 것으로 만들고 있습니다. 그의 예술에 흠이 **없다고는 할 수 없습니다.** 거기에는 시간과 정열의 낙인이 찍혀 있습니다. 그 중에서 오랫동안 후세에 남을 만한 것은 거의 없습니다. (그러나 대개의 예술은 그런 것입니다.) 그러나 그 속에 있는 위대한 것을 깊이 음미하고 즐기는 것은 무방합니다. 다만 그것에 빠져들지 않고, 저 데멜적인 세계의 추종자가 되지 않으면 되는 것입니다. 데멜의 세계는 간통과 혼란에 찬 한없이 불안한 세계입니다. 이러한 일시적인 비애보다 훨씬 더한 고뇌를 주면서도 위대성에 이르는 기회나 영원을 지향하는 용기를 더 많이 부여해주는 참다운 운명에서는 먼 세계입니다.

끝으로 제 책에 대해서는, 당신이 기뻐할 만한 것은 모두 보내드리고 싶습니다. 그러나 저는 매우 가난합니다. 게다가 제 책은 한번 출판되어버리면 이미 제 것이 아닙니다. 저 자신도 그것을 살 수가 없습니다. 늘 생각은 있으면서도 제 책을 애독 해주시는 분에게 드릴 수가 없는 것입니다.

그래서 최근에 출판된 제 책(가장 최근 것으로 전부 다 하면 열 두 세 권쯤 나와 있습니다)의 제목(과 출판사)을 쪽지에 적어 보내겠 습니다. 기회 있는 대로 그중에서 몇 권을 주문하시라고 부탁 드릴 수밖에 없습니다.

제 책을 당신 곁에 두어주신다면 고맙겠습니다.

안녕하십시오.

당신의,
라이너 마리아 릴케

브레멘 근교 보르프스베데,
1903년 7월 16일

*z. Zt. Worpswede bei Bremen,
am 16. Juli 1903*

친애하는 카푸스 씨

열흘쯤 전에 파리를 떠났습니다. 정말 몸이 좋지 않고, 피곤에 싸여 있었습니다. 그래서 북쪽의 드넓은 평야로 왔습니다. 그 광막함과 정적과 하늘이 저를 다시 건강하게 해주리라고 기대했습니다. 그런데 저는 장마에 걸려들고 말았습니다. 그랬던 것이 오늘에서야 비로소, 소란하게 바람 부는 이 평원에 약간의 밝음을 보여주고 있습니다. 그래서 저는 이 밝음의 첫 순간을 이용하여 당신에게 인사를 전하는 바입니다.

친애하는 카푸스 씨, 저는 당신의 편지에 오랫동안 답장을 드리지 않았습니다만 결코 잊어버리고 있었던 것은 아닙니다.

전적으로 그 반대입니다. 그 편지가 다른 편지들 틈에서 나왔을 때는, 되풀이해서 읽어야 할 그런 것이었습니다. 그리고 저는 당신이 아주 가까이에 있는 듯 느꼈습니다. 그것이 5월 2일자 편지였습니다. 당신도 분명히 기억하고 있을 줄로 압니다. 제가 그 무렵 이처럼 멀리 떨어진 곳의 커다란 정적 가운데에서 편지를 읽었더라면, 당신의 인생에 대한 아름다운 심려에 대해, 파리에서도 물론 느끼기는 했습니다만, 한층 더 강렬한 감동을 느꼈을 것입니다. 파리에서는 모든 것이 여기와는 다른 소리를 내며, 또한 사물이 떨릴 만큼의 거대한 소음 때문에 그 소리가 사라져버립니다. 여기에서는, 바다에서 부는 바람이 지나가는 광대한 평원이 제 주위에 펼쳐진 이곳에서는, 나름의 깊은 생명을 영위하는 당신의 그 물음이나 감정에 대답할 수 있는 사람은 어디에도 없음을 잘 느낄 수 있습니다. 왜냐하면 가장 뛰어난 사람들이라도 극히 미미한 것, 말로는 거의 표현할 수 없는 것을 해명해야 할 때에는 말을 제대로 찾아낼 수 없기 때문입니다. 그러나 그렇다고 해서 당신이 언제까지나 해답을 얻지 못한 채 있어야 한다고는 생각하지 않습니다. 지금 제 눈을 쉬게 하고 힘을 되찾게 하는 것과 흡사한 사물을 당신이 의지하고 있다면 언젠가 그 해답을 얻으리라 믿습니다.

만약 당신이 자연에, 자연 속의 단순한 것, 사람의 눈에 거의 띄지 않는 작은 것이면서도 어느덧 커다란, 헤아릴 수 없는 것으로 변할 수 있는 작은 사물에 의지한다면, 만약 당신이 하잘 것없는 것에 대한 이러한 사랑을 품고 있다면, 그리고 아주 소박하게 하나의 섬기는 자로서 가난해 보이는 것의 신뢰를 얻으려 노력한다면, 그때에는 아마도 놀라서 뒷걸음치는 오성悟性이 아니라 당신의 가장 내면적인 의식이나 각성이나 지식 속에서 모든 것이 한층 용이해지고, 통일적인 것이 되고, 어떤 의미에서 유화적인 것이 될 것입니다.

당신은 아직 매우 젊고, 모든 일을 시작하기 전입니다. 그래서 될 수 있는 대로 당신에게 부탁드리고 싶습니다. 당신 마음속의 해결되지 않은 모든 것에 대해서 인내를 가져주십시오. 그리고 **물음 그 자체**를 닫혀 있는 방처럼, 아주 낯선 말로 쓰인 책처럼 사랑해주십시오. 지금 당장 해답을 찾아서는 안 됩니다. 아마도 당신이 해답에 맞추어 살아갈 수 없기 때문에 지금 당신에게 그 해답이 주어지지는 않을 것입니다. 모든 것을 산다는 것은 긴요한 일입니다. 지금은 물음을 살아가십시오. 그렇게 하면 아마도 당신은 차츰 자기도 모르는 사이에 먼 미래의 어느 날, 해답 속으로 들어가서 해답을 살아가게 될 것입니다. 아마도 당신은 자신 속에 조형하고 형성하는 가능성을, 특히 행복하고 순수한 삶의 본래적인 자세로서 지니고 있을 것입니다. 그것을 향하여 자신이 뻗어가게 하십시오. 그러나 오는 것은 깊은 신뢰감으로 받아들이십시오. 만약 그것이 당신의 의지에서, 당신 내부의 어떤 필요에서 온다면 그것을 받아들이십시오. 그리고 아무것도 미워해서는 안 됩니다.

성性은 어려운 것입니다. 정말 그렇습니다. 그러나 우리에게 과해진 것은 어렵습니다. 진지한 것은 거의 모두가 어렵습니다. 그리고 모든 것은 진지합니다. 만약 당신이 이것을 인식하고 자신에게서, **자신의** 소질이나 성질에서, **자신의** 경험이나어린 시절 그리고 힘에서, 성에 대한 완전히 독자적인 (인습이나 관습의 영향을 받지 아니한) 관계를 거둘 수 있다면, 당신은 이제 자기 자신을 잃지 않을까, 자신의 최고 소유물에 어울리지 않게 되지 않을까, 하고 두려워할 필요가 없습니다.

육체적인 쾌락은 감각적인 체험으로서, 순수한 시각이나 혀를 가득 채워주는 맛있는 과일의 순수한 감각과 조금도 다를바가 없습니다. 그것은 우리에게 주어지는 크고 무한한 경험이며, 세계를 알게 되는 것이며, 모든 지식의 충일이며 광휘입니다. 그리고 우리가 그것을 맛보는 것은 나쁜 것이 아닙니다. 나쁜 것은 대부분 사람이 이 경험을 오용하고 남용하는 데 있으며, 그것을 인생의 정점을 향한 집중으로 삼지 않고 인생에 지쳤을 때의 오락으로, 자극으로 삼는 데 있습니다.

사실 인류는 먹는 것조차 무엇인가 다르게 변화시키고 말았습니다. 즉 한쪽에서는 결핍이, 다른 한쪽에서는 과잉이 이 욕

구의 투명성을 흐리게 해버린 것입니다. 그리고 생명을 갱신하는 깊고 단순한 모든 필요가 마찬가지로 흐려져버리고 말았습니다. 그러나 개개의 인간은 자신을 위하여 그것을 정하게 닦고, 맑은 생활을 할 수가 있습니다(다른 것에 너무 의지하고 있는 독립성 없는 사람에게는 불가능하지만, 고독한 사람에게는 가능합니다). 동물이나 식물에 있어서는 모든 아름다움이 사랑과 동경과의 조용한 영속적 형태를 취하고 있음을 상기했으면 합니다. 그리고 식물을 보는 듯이 동물을 보았으면 합니다. 동물이 육체적인 쾌락이나 육체적인 고통에서가 아니라, 쾌락이나 고통보다 훨씬 크고, 의지나 저항보다 훨씬 강력한 필연성에 따라서 끈기 있고 순순히 결합하여 번식하고 성장하는 것을 보았으면 합니다. 대지의 가장 미미한 사물에 이르기까지 충만해 있는 이 비밀을 인간이 보다 겸허히 받아들이고 보다 진지하게 감수하고 견뎌내며, 그것을 쉬운 것이라고 생각하는 대신 얼마나 무서우리만큼 어려운 것인가를 느꼈으면 합니다.

그리고 정신적으로 보이든 육체적으로 보이든 결국은 **하나의 것**인 자신의 생산력에 대해 인간이 경건한 마음을 가졌으면 합니다. 왜냐하면 정신적 창조도 육체적 창조에 유래하는 것, 육체적 창조와 동일한 본질이어서, 말하자면 육체적 쾌락의 보다 미묘한, 보다 황홀한, 보다 영원적인 반복과 같은 것에 지나지 않기 때문입니다. "창조자가 되어 낳고 형성하려는 생각"은 이 세상에서 끊임없는 위대한 실증과 실현이 없는 한 헛된 것입니다. 사물이나 동물에게서 한없는 찬동이 없는 한 헛된 것입니다.

그리고 그러한 생각의 즐거움은 그것이 대대로 계승되어온 수백만의 생식과 분만의 기억에 가득 차 있으므로 이렇게도 글로는 다 할 수 없을 만큼 아름답고 풍요롭습니다. 창조자의 사상에는 수천의 잊힌 사랑의 밤이 되살아나서, 그 사랑을 고귀성과 탁월성으로 가득 채웁니다. 그리고 밤에 한 몸이 되어 출렁이는 쾌락 속에서 서로 엉켜 있는 자들은, 말로는 다 할 수 없는 환희를 노래하고자 언젠가 나타날 시인의 노래를 위하여 감미로움을 모으고, 깊이와 힘을 모아서 진지한 작업을 하고 있습니다. 그리고 미래를 불러들입니다. 가령 그들이 잘못하여 무작정 끌어안는다 하더라도, 그래도 미래는 오고 새로운 인간이 일어섭니다. 그리고 지금은 완전한 것처럼 보이는 우연 위에 법칙이 싹트고, 그 법칙에 따라서 저항력 있는 힘찬 정자가 개방적으로 그를 맞이하는 난자를 향해 돌진합니다.

당신은 표면만 보고 현혹되어서는 안 됩니다. 깊은 곳에서 모든 것은 법칙이 됩니다. 그리고 이 비밀을 잘못 그릇되게 사는 사람들(그들은 실로 많습니다)은 자기 자신이 그 비밀을 잃을 뿐, 마치 봉함된 편지처럼 내용도 모르는 채 그것을 다음 사람에게 넘겨주고 마는 것입니다. 그리고 당신은 명칭의 다양성과 사태의 복잡성에 현혹되어서는 안 됩니다. 아마도 모든 것 위에 공통의 동경으로서 위대한 모성母性이 있을 것입니다. 처녀의 아름다움, (당신의 아름다운 표현처럼) "아직 아무것도 하지 아니한" 존재의 아름다움은 예감하고, 준비하고, 불안해하고 또한 동경하고 있는 모성인 것입니다. 그리고 어머니의 아름다움은 헌신하는 모성이며, 노파의 마음에는 위대한 추억이 되어 있습니다.

그리고 남성에게도 모성이, 육체적인 모성과 정신적인 모성이 있는 듯합니다. 그의 생식 작용도 일종의 분만이며, 또한 그가 가장 내적인 충실에서 창작할 때 역시 분만입니다. 아마도 양성兩性은 일반적인 생각보다 훨씬 친근한 것이며, 세계의 커다란 혁신은 아마도 남성과 처녀가 모든 그릇된 감정이나 혐오감에서 해방되어, 서로 대립되는 존재로서가 아니라 오누이로서, 이웃으로서 서로를 찾아 **인간**으로서 결합하여 소박하고 진지하고 끈기 있게 그들에게 주어진 어려운 성을 함께 감당하는 데에서 성립될 것입니다.

그러나 아마도 언젠가는 많은 사람들에게 가능할 모든 것을 고독한 사람은 지금 벌써 준비할 수가 있고, 조금 덜 망설이는 그의 손으로 쌓아 올릴 수가 있을 것입니다. 그러므로 당신의 고독을 사랑하십시오. 그리고 그것이 아름다운 비탄의 소리를 내며 당신에게 주는 고통을 견디십시오. 왜냐하면 당신과 가까운 사람들이 멀게 여겨진다고 당신은 말합니다만, 그것은 당신의 주변이 넓어지기 시작한 표시이기 때문입니다. 그리고 만약 당신의 가까운 것이 멀리에 있다면, 당신의 영역은 이미 별들 사이에까지 퍼져서 실로 커다란 것입니다.

당신이 누구도 데리고 들어갈 수 없는 당신의 성장을 기뻐하십시오. 그리고 뒤에 처진 사람들에게 친절하십시오. 그들 앞에서는 확고하고 의연한 태도를 취하고, 당신의 회의심으로 그들을 괴롭힌다든가, 또 그들은 이해할 수 없을 당신의 확신이나 기쁨으로 그들을 놀라게 하지 마십시오. 그들과는 어떠한 형태로든 단순하고 성실한 결합을 이루도록 하십시오. 이 결합은 당신 자신이 차츰 변해가더라도 굳이 바꿀 필요가 없습니다. 그들이 가진 색다른 형식의 생활을 사랑하고, 당신이 신뢰하는 고독을 두려워하는, 늙어가는 사람들에게 관대해지십시오.

부모와 자식 사이에 노상 펼쳐지는 저 드라마에 소재를 제공하는 일은 삼가십시오. 그것은 자식의 힘을 크게 소모시키고, 또한 이해할 수 없는 경우에도 언제나 작용하고 훈훈하게 해주는 늙은 부모의 사랑마저도 침식하는 것입니다. 부모에게 조언을 구해서는 안 됩니다. 이해받으리라고 기대해서도 안 됩니다. 그러나 당신을 위해서 유산처럼 축적되는 사랑을 믿으십시오. 그리고 이 사랑에는 하나의 힘과 또한 아무리 멀리가기 위해서라도 벗어나서는 안 될 하나의 축복이 있다는 것을 믿으십시오.

당신이 우선 하나의 직업을 갖는 것은 좋은 일입니다. 그것은 당신을 독립시키고, 어떠한 의미에서도 당신을 완전히 당신 자신에게 의지케 하기 때문입니다. 당신의 가장 깊은 내부 생명이 이 직업의 형식에 의하여 제약을 느끼는지를 끈기 있게 기다려보십시오. 저는 직업을 매우 어렵고 매우 요구가 많은 것으로 여기고 있습니다. 왜냐하면 그것은 거대한 인습이라는 짐을 짊어지고 있고, 그 과제를 개인적으로 파악할 여지가 거의 남아 있지 않기 때문입니다. 그러나 당신의 고독은 당신이 아주 소원한 처지의 한가운데 있을 때에도 당신의 지주가 되고 고향이 될 것입니다. 그 고독에서야말로 당신은 당신의 모든 길을 찾아낼 수 있을 것입니다. 저의 모든 기원은 당신을 따를 준비가 되어 있습니다. 그리고 저의 신뢰는 당신과 함께 있습니다.

당신의,
라이너 마리아 릴케

로마,
1903년 10월 29일

*Rom,
am 29. Oktober 1903*

친애하는 카푸스 씨 _____

8월 29일 자 편지는 피렌체에서 받았습니다. 그런데도 지금
에 와서야, 두 달이나 지나서야 겨우 말씀드리는 형편입니다.
아무쪼록 이 태만을 용서해주십시오. 하지만 저는 여행 도중
에 편지 쓰는 것을 좋아하지 않습니다. 왜냐하면 편지를 쓰는
데 있어서 저는 꼭 필요한 도구 이상의 것, 즉 약간의 고요와
고독, 그리고 과히 서먹서먹하지 않은 시간을 필요로 하기 때
문입니다.

우리가 로마에 도착한 것은 약 6주일 전이었습니다. 그 무렵
의 로마는 여전히 텅 비어 있고, 덥고, 열병의 소문이 퍼져 있

42

었습니다. 그리고 이러한 사태에다가 다른 실제적인 설비 면에서도 갖가지 어려움이 있어서, 우리 신변의 불안정은 언제 끝날지도 모르고 타향에 있어서 고향을 가질 수 없다는 것이 무거운 짐이 되어 우리를 억누를 뿐이었습니다. 그리고 로마는 (아직도 모르는 사람에게는) 처음 며칠 동안 압도적으로 서러운 인상을 준다는 것을 고려하셔야 합니다. 그것은 로마가 토해내는 생기 없고 찌무룩한 박물관적 분위기나, 넘칠 만큼 발굴되어 애써서 보존되어 있는 과거의 유물(하찮은 현재가 이것으로 부양되고 있습니다)이나, 그리고 또 학자나 문헌학자가 앞장을 서면 관습적인 이탈리아 여행자들이 부화뇌동하는, 이 모든 모양 없고 썩은 물건에 대한 과대평가 등 때문입니다. 이런 물건은 결국 다른 시대의, 우리 생활이 아닌, 또 우리 생활이어서는 안 될 다른 생활의 우연적 유물에 지나지 않습니다. 몇 주일 동안 날마다 방어해온 끝에, 아직은 약한 혼란을 느끼면서도 가까스로 제정신을 차리고서 말해봅니다. 아니, 이곳에는 다른 곳보다 더 많은 아름다움이 있는 것이 아니다, 몇 세대에 걸쳐 끊임없이 찬양되고 장인의 조수 손으로 개수되고 보수되어온 이들 물건은 모두 무의미하다, 아무것도 아니다, 아무런 정신도 가치도 없다, 라고. 그러나 이곳에는 역시 많은 아름다움이 있습니다. 왜냐하면 아름다움이라는 것은 도처에 많이 있기 때문입니다. 한없이 생기에 찬 물이 고대의 수로를 통하여 이 대도시로 흘러들어, 수많은 광장의 하얀 석조 수반 위에서 춤추고, 너른 분수지에 퍼져서 낮에는 살랑살랑 물소리를 내고 밤에 그 술렁이는 소리를 높입니다. 그리고 이곳의 밤은 광활하고 별들로 차 있습니다. 바람은 부드럽습니다. 그리고 또 이곳에는 정원이 있습니다. 잊을 수 없는 가로수 길과 돌층계가 있습니다. 미켈란젤로가 고안한 돌층계, 미끄러져 떨어지는 물의 형태를 본뜬 돌층계가 있습니다. 널찍하게 경사를 이루면서 층계에서 층계가, 물결에서 물결이 생겨나도록 만들어진 돌층계가 있습니다. 이러한 인상을 통하여 우리는 마음을 가다듬고, 마구 재잘거리는(정말 너무 지껄여댑니다) 강압적인 많은 것에서 자기 자신을 되찾을 수 있습니다. 그리고 우리가 사랑하는 영원성과 우리가 은밀히 마음을 줄 수 있는 고독이 담겨 있는 극히 소수의 것을 서서히 인식할 수 있게 됩니다.

지금 저는 아직도 시내의 언덕에 살고 있습니다. 보존되어 있는 고대 로마의 예술 중에서 가장 아름다운 기마상騎馬像, 마르쿠스 아우렐리우스Marcus Aurelius의 상에서 멀지 않은 곳입니다. 그러나 2, 3주일 안에 한적하고 간소한 방으로 옮길 예정입니다. 큰 공원 안에 깊이 묻혀서 거리와 거리의 소음이나 우발적인 사건에서 완전히 가려진 발코니가 붙은 고가古家입니다. 그곳에서 저는 겨울을 지내며 그 커다란 정적을 즐기게 되리라고 생각합니다. 이 정적에서 좋고 유익한 시간의 선물이 있으리라고 기대하고 있습니다…….

그곳으로 옮기면 더 안정될 수 있으리라 여겨지므로, 그때 자세한 편지를 드리고 당신의 편지에 대해서도 말씀드리고자 합니다. 오늘은 (더 일찍 말씀드려야 옳았습니다만) 당신이 편지에서 말씀하신 (당신의 작품이 들어 있다고 하신) 책이 이곳에는 도착하지 않았다는 것만 이야기해야겠습니다. 아마도 보르프스베데에서 당신에게로 반송되지 않았을까요. (왜냐하면 소포를 외국으로 전송하는 것은 허용되지 않으니까요). 사실 그 편이 가장 바람직하고, 정말 그렇게 되기를 바라고 있습니다. 아마도 분실된 것은 아니라고 생각합니다. 그러나 이탈리아의 우편 사정으로는 이것도 예외적이라고는 말할 수 없습니다. 유감스럽게도.

저는 그 책도 (당신의 표시를 띠는 모든 것과 마찬가지로) 기꺼이 받았을 것입니다. 그리고 그동안에 쓰인 당신의 시도 (제게 보여주신다면) 언제든지 몇 번이고 읽고, 될 수 있는 한 성심성의껏 음미하고자 합니다. 행운을 빕니다.

저의 바람과 인사를 담아,
라이너 마리아 릴케

로마,
1903년 12월 23일

Rom,
am 23. Dezember 1903

친애하는 카푸스 씨 _____

크리스마스가 다가온 지금, 그리고 당신이 이 축제 한가운데서 당신의 고독을 견뎌내기가 평소보다 어려울 때, 제가 당신에게 인사도 없이 지나치면 안 될 것 같습니다. 그러나 만약 그때 당신의 고독이 크다는 것을 깨닫는다면 기뻐하십시오. 크지 않은 고독이란 대체 무엇일까(하고 자신에게 물어보십시오). 고독은 오직 **하나**일 뿐입니다. 그것은 크고, 쉽게 견뎌낼 수 없는 것입니다. 그리고 대부분 사람에게, 이 고독을 무엇인가 아주 평범하고 값싼 결합과 교환하고 싶은 때가 오는 법입니다. 누구든 상관없이 가까이에 있는 사람, 아무리 시시한 사람과

46

의 하잘것없는 외양적 일치하고라도 교환하고 싶은 때가 오는 법입니다……. 그러나 대개 그때야말로 고독이 성장하는 시간입니다. 왜냐하면 고독의 성장은 마치 소년의 성장과 같아서 고통이 따르고, 봄이 시작될 때처럼 서러운 것이기 때문입니다. 그러나 당신은 그것에 현혹되어서는 안 됩니다. 필요한 것은 오직 고독, 커다란 내면적 고독뿐입니다. 자신에게로 침잠하여 몇 시간이고 아무도 만나지 않는 것, 이것이 이루어지지 않으면 안 됩니다. 우리가 어린아이 적에, 어른들이 중요하고 대단해 보이는 일에 (그러나 그것은 어른들이 아주 바쁘게 보이고, 어린아이는 어른들이 하는 일을 무엇 하나 이해할 수가 없었기 때문입니다만) 얽매여 우왕좌왕하고 있을 때 우리가 고독했듯이 그렇게 고독해야 합니다.

그리고 어느 날 어른들의 일이 불쌍한 것이고 그들의 직업이 경직되어 이제는 생명과 결부되어 있지 않음을 파악했을 때, 왜 어린아이처럼 자기 세계의 깊이에서, 그리고 그 자신이 일이며 지위며 직업인 자기 고독의 영역에서 그것을 서름하게 바라보지 않습니까. 왜 어린아이의 현명한 몰이해를 방어나 경멸로 맞바꾸고자 합니까. 몰이해란 바로 혼자 있는 것입니다. 그러나 방어나 경멸은 그러한 수단에 의하여 그것에서 떨어져 나가려는 일종의 관여를 말합니다.

아무쪼록 당신 내부에 지닌 세계를 생각하십시오. 그리고 이 생각을 무엇이라 부르든 그것은 당신의 자유입니다. 그것이 당신의 어린 시절에 대한 추억이든 당신의 미래에 대한 동경이든, 아무튼 오직 당신 내부에서 일어나는 것에 유의하고 그것을 당신의 신변에서 볼 수 있는 모든 것보다 우위에 두십시오. 당신 내부에서 일어나는 일은 당신의 전적인 사랑에 상당하는 것입니다. 당신은 어떻든 그 일과 관계되는 일을 하셔야 합니다. 그리고 사람들에 대한 당신의 지위를 밝히기 위해 너무나 많은 시간과 너무나 많은 노력을 소비해서는 안 됩니다. 도대체 당신이 지위를 가졌다고 누가 말해주겠습니까. 저는 당신의 직업이 가혹하고 당신에 대한 모순에 차 있음을 알고 있습니다. 그리고 당신의 불만을 예견하고 언젠가는 닥쳐오리라는 것을 알고 있었습니다. 그것이 다가온 지금, 저는 당신을 달랠 수가 없습니다. 저는 다만 직업이란 모두가 그런 것이 아닌가, 개개인에 대해서 강압적인 요구와 적의로 가득 차 있고, 말하자면 묵묵히 무뚝뚝하게 따분한 의무에 종사해온 사람들의 증오를 가득 품고 있는 것이 아닌가 하고 잘 생각해보도록 권할 따름입니다. 당신이 지금 그 속에서 살지 않으면 안 될 신분은, 인습이나 편견이나 오류를 다른 모든 신분보다도 더 많이 짊어진 것은 아닙니다. 그리고 언뜻 보기에 가장 큰 자유를 가진 듯한 신분은 있지만, 내부가 크고 넓어서 참다운 인생을 성립시키는 위대한 사물과 관계가 있는 신분은 하나도 없습니다. 고독한 개개의 인간만이 사물처럼 깊은 법칙 아래 놓여 있는 것입니다. 그리고 누군가가 밝아오는 아침 속으로 나아가든가 사건으로 가득 찬 밤을 바라보든가 하여 거기에 무엇이 일어나고 있는가를 느낀다면, 그때 그는 생의 한가운데 있는데도 모든 신분이 마치 죽은 자에게서 떨어져 내리듯이 그에게서 떨어져 내릴 것입니다.

친애하는 카푸스 씨, 지금 당신이 장교로서 경험하지 않으면 안 되는 것을 현존하는 어떠한 직업에 종사한다 해도 똑같이 느꼈을 것입니다. 뿐만 아니라 만약 당신이 모든 지위의 바깥에 서서 사회와는 단지 독립적인 가벼운 접촉밖에 구하지 않았다 해도, 이 억누르는 듯한 감정을 면할 수는 없었을 것입니다. 어디에 있든 그러한 것입니다. 그러나 그렇다고 해서 그것이 걱정하거나 슬퍼할 이유는 되지 않습니다. 사람들과 당신 사이에 공통적인 여지가 없다면 사물에게로 다가가보십시오. 사물은 결코 당신을 저버리지 않을 것입니다. 밤이라는 것도 있고, 수목 사이를 거쳐 많은 나라를 불고 지나가는 바람이라는 것도 있습니다. 사물이나 동물 사이에는 모두가 여전히 당신이 관여할 수 있는 사건으로 가득 차 있습니다. 그리고 어린아이들도 당신이 어린아이였을 때와 마찬가지로 서럽고도 행복하지 않습니까. 만약 당신이 자신의 어린 시절을 상기한다면, 당신은 다시 어린아이들 사이에서, 고독한 어린아이들 사이에서 살게 되는 것입니다. 그리하여 어른은 아무것도 아니고, 그들의 위엄은 아무런 가치도 없게 됩니다.

어린 시절 도처에 등장하던 신의 존재를 이제는 믿을 수가 없어서 어린 시절이나 어린 시절과 관련된 단순하고 조용한 것을 생각하기가 불안하고 고통스럽다면, 친애하는 카푸스 씨, 당신은 정말로 신을 잃어버렸는지를 스스로에게 물어보십시오. 오히려 당신은 한 번도 신을 소유한 적이 없는 게 아닐까요. 도대체 언제 신을 가실 수 있었을까요. 당신은 남자들조차 가까스로 견뎌내고 노인들은 그 무게로 눌려 으깨질 그런 신을 어린아이들이 가질 수 있다고 생각하십니까. 당신은 신을 정말 가진 사람이 마치 조약돌을 잃어버리듯 신을 잃어버릴 수가 있다고 생각하십니까. 설령 신을 가진 사람이 있다 해도, 신이 그를 잃어버릴 수가 있다고는 생각하지 않습니까. 그러나 당신이 신은 당신의 어린 시절에도 없었고 그 이전에도 없었다는 것을 인식한다면, 그리고 그리스도는 그의 동경에 현혹당하고 마호메트는 그의 자부심에 기만당했다는 것을 느낀다면 (그리고 신은 지금도, 우리가 신에 대해서 말하고 있는 이 순간에도 없다는 것을 당신이 놀라움과 함께 느낀다면) 결코 있던 적이 없는 신을 어찌 지난날의 사람처럼 그리워하며 마치 잃어버린 것처럼 다시 찾을 수가 있겠습니까.

왜 당신은, 신은 다가오는 자라고 생각하지 않습니까. 영원의 저편에서 다가오는 자, 미래의 자, 우리가 잎인 나무의 마지막 과일이라고 왜 생각하지 않습니까. 신의 탄생을 생성하는 시간 속에 던져 넣고서 당신의 삶을 위대한 수태受胎의 역사 속 괴롭고도 아름다운 하루처럼 사는 것을 방해하는 무엇이 있습니까. 생기生起하는 것 모두가 언제나 시작임을 당신은 보시지 않습니까. 시작한다는 것은 그 자체가 언제나 그렇게도 아름답습니다. 그러므로 그것이 신의 시작이 아닐는지요. 만약 신이 완전한 자라면, 넘치는 충일 가운데 신이 자신을 위해서 선택할 수 있도록 신의 앞에 보다 미천한 것이 있어야 하지 않겠습니까. 모든 것을 자기 속에 포섭하려면, 신은 최후의 자여야만 하지 않겠습니까. 그리고 우리가 열망하는 자가 이미 존재하고 있었다고 한다면 우리에게 무슨 의미가 있겠습니까.

꿀벌이 꿀을 모으듯이, 우리는 모든 것에서 가장 감미로운 것을 가져와서 신을 만듭니다. 미천한 것, 초라한 것에서도 (그것이 사랑에서 나오기만 하면) 우리는 시작합니다. 노동과 그 후의 휴식에서, 침묵에서, 혹은 크지 않은 고독의 기쁨에서, 협력자나 추종자도 없이 혼자 하는 모든 일에서 우리는 신을 만들기 시작합니다. 그리고 우리의 조상이 살아서 우리를 체험할 수 없었던 것과 같이, 우리도 살아서 신을 체험할 수는 없을 것입니다. 그러나 우리의 조상, 먼 옛날에 세상을 떠난 이들은 기초로서, 우리 운명에 과해진 짐으로서, 술렁거리며 흐르는 피로서, 시대의 밑바닥에서 솟아오르는 몸짓으로서 우리 속에 존재하고 있습니다.

이처럼 언젠가 가장 요원한 자, 궁극적인 자로서의 신의 내부에 들어가려는 당신의 희망을 앗아 갈 수 있는 그 무엇이 과연 있겠습니까.

친애하는 카푸스 씨, 신이 시작하기 위해서는 필시 당신의 그러한 삶의 불안을 필요로 한다는 경건한 감정으로 크리스마스를 축하하십시오. 당신이 놓인 과도기의 이 나날이야말로, 언젠가 당신이 어린아이였을 때 숨도 쉬지 않고 신을 만드는 일에 관여하고 있었듯이, 당신 내부의 모든 것이 신을 만드는 일에 관여하고 있는 때입니다. 언짢아하지 마시고 참으십시오. 그리고 우리가 겨우 할 수 있는 것은, 봄이 오려고 할 때 대지가 그렇게 하듯, 신의 생성을 어렵지 않게 해주는 것임을 생각하십시오.

아무쪼록 밝은 마음으로 안심하고 계십시오.

•
당신의,
라이너 마리아 릴케

로마,
1904년 5월 14일

Rom,
am 14. Mai 1904

친애하는 카푸스 씨

　지난번 편지를 받고 나서 상당한 시일이 지났습니다. 원망하지 말아주십시오. 처음에는 작품을 하고, 그러고는 방해가 생기고, 마지막에는 몸이 시원찮고 해서 차분히 기분이 좋은 날에 답장을 쓸 생각이었습니다만(저는 그렇게 하고 싶었습니다), 늘 손을 대지 못했습니다. 지금은 다시 몸 상태가 약간 좋아졌으므로(봄이 시작될 때의 그 심술궂고 변덕스러운 기후는 이곳에서도 몹시 심하게 느껴졌습니다), 친애하는 카푸스 씨, 당신에게 인사를 드리고, 당신의 편지에 적힌 이런저런 문제에 대해 제가 알고 있는 한은 당신에게 (진심으로 기꺼이 합니다만) 말씀드리려고 합니다.

보시는 것같이 저는 당신의 소네트를 베꼈습니다. 이 시가 아름답고, 소박하며, 아주 조용하고 품위 있는 형식미를 갖추었다고 생각했기 때문입니다. 이것은 제가 읽은 당신의 작품 가운데 가장 뛰어납니다. 제가 베낀 것을 당신에게 드리겠습니다. 자신의 작품을 다른 사람의 필적으로 다시 읽어본다는 것은 중요하며 새로운 경험으로 가득 찬 일이기 때문입니다. 이 시를 다른 사람의 시라고 생각하고 읽어보십시오. 그리면 당신은 그것이 참으로 당신의 작품임을 마음속으로 느끼게 될 것입니다.

이 소네트와 당신의 편지를 몇 번이고 읽는 것이 제 기쁨이었습니다. 두 가지 모두 감사드립니다.

그리고 당신은 당신 내부의 그 무엇이 당신의 고독에서 빠져나오려 한다고 해서 당황해서는 안 됩니다. 바로 이 소망을 당신이 차분하게 유유히 도구처럼 사용하기만 한다면, 당신의 고독을 드넓은 땅에 펼쳐 나가는 데 도움이 될 것입니다. 사람들은 인습의 힘을 빌려서 모든 것을 안이한 방향으로, 안이한 중에서도 가장 안이한 방향으로 해결해왔습니다. 그러나 우리가 어려운 것에 의지하지 않으면 안 된다는 것은 명백합니다. 생명 있는 것은 모두 이것에 의지합니다. 자연계의 모든 것은 저마다의 방식으로 성장하고 또 몸을 지킵니다. 그리고 스스로 독자적인 것이 되어 어떠한 희생을 치르더라도, 어떠한 저항을 받더라도 그것을 지키려고 노력합니다. 우리는 아는 것이 거의 없습니다만, 우리가 어려운 것에 의지하지 않으면 안 된다는 것은 우리에게서 결코 떨어질 수 없는 확신입니다. 고독하다는 것은 좋은 것입니다. 고독은 어렵기 때문입니다. 어떤 일이 어렵다는 것은 그 일에 힘쓸 더 많은 이유가 되지 않으면 안 됩니다.

사랑한다는 것 또한 좋은 것입니다. 사랑은 어렵기 때문입니다. 인간이 인간을 사랑한다는 것, 이것은 어쩌면 우리에게 과해진 가장 어려운 일입니다. 궁극의 것이자 최후의 시련이며 시험으로서, 다른 모든 일은 단지 사랑을 위한 준비 작업에 지나지 않을 것입니다. 그러므로 모든 일에서 초보자인 젊은 사람들은 아직 사랑을 할 수가 없습니다. 그들은 그것을 배우지 않으면 안 됩니다. 온 존재를 걸고, 그들의 고독하고 불안하며 위를 향하여 맥박 치는 심장의 주위에 집중된 모든 힘을 다하여 그들은 사랑하는 것을 배우지 않으면 안 됩니다. 그러나 학습 기간은 언제나 길고 고립된 시기입니다. 그러므로 사랑한다는 것은 긴 시일을 거쳐 인생의 깊숙한 내부에 이르는 고독입니다. 즉 사랑하는 사람을 위한 보다 고양되고 보다 심화된 고독을 의미합니다. 사랑한다는 것은 자신을 개방하고 바쳐서 다른 사람과 결합하는 것이 아닙니다(정화되지 않은 미

완성의, 아직 질서를 갖지 못한 자의 결합이 도대체 무엇이겠습니까). 사랑한다는 것은 개개인에게 있어서 성숙하려는, 자신의 내부에서 무엇이 되려는, 세계가 되려는, 다른 한 사람을 위해서 그 자신이 세계가 되려는 숭고한 동기입니다. 개개인에 대한 크고 엄청난 요구입니다. 한 개인을 선택하여 광대한 것으로 초빙해 가는 그 무엇입니다. "과제로서 자기 자신을 만든다. 밤낮 없이 귀를 기울이고 망치질한다"는 의미에서만, 젊은 사람들은 자신들에게 주어진 사랑을 사용할 수 있을 것입니다. 몸을 개방하고 바치는 것과 모든 종류의 결합은 젊은 사람들을 위한 것이 아니고(그들은 아직도 긴긴 세월을 비축하고 모으지 않으면 안 됩니다) 궁극의 것입니다. 그것은 아마도 인간의 생활이 지금으로는 아직 도달할 수 없는 것이 아닌가 합니다.

그러나 젊은 사람들은 이 점에서 매우 자주, 매우 심하게 과오를 범하고 있습니다. 그들은(인내심이 없다는 것이 그들의 특성입니다) 사랑이 엄습해 올 때 서로 몸을 내던지고, 난잡과 무질서와 혼란 속에 있는 자신을 흩뿌립니다……. 그러나 그 결과는 어떻게 되겠습니까. 그들이 그들의 결합이라고 부르고, 가능하면 그들의 행복, 그들의 미래라고도 부르고 싶어 하는 이 반쯤 부서진 것의 더미를 향하여 인생은 어떻게 하면 되겠습니까. 그 경우 한 사람은 다른 한 사람 때문에 자기를 잃고, 그 상대를 잃고, 또 앞으로 오려고 하는 많은 사람도 잃습니다.

그리고 공간과 가능성을 잃고, 희미한 예감에 찬 사물의 접근과 도피를, 더 이상 아무 희망도 없는 비생산적인 흥분과 맞바꿔버립니다. 남는 것이라곤 약간의 혐오와 환멸과 빈곤뿐이고, 일반적인 피란 움막처럼 이 위험한 길바닥에 수없이 마련되어 있는 수많은 인습 가운데 하나로 도피할 수밖에 없습니다. 인간 체험의 어떠한 영역도 이 사랑의 영역만큼 인습을 갖춘 것은 없습니다. 여러 가지로 고안한 구명대와 보트와 부대浮袋가 있습니다. 사회의 통념은 온갖 피난처를 만드는 법을 알고 있었습니다. 왜냐하면 사회는 사랑의 생활을 하나의 오락으로 보는 경향이 있었으므로, 그것을 공공의 오락처럼 손쉽고 값싸고 위험이 없는 안전한 것으로 만들 필요가 있었던 것입니다.

물론 그릇되게 사랑하고 있는, 즉 간단히 몸을 바치고 고독하게 사랑할 줄을 모르는 많은 젊은 사람(평균적으로 대부분은 언제나 그러한 곳에 머물러 있습니다만)도 과오의 중압감을 느끼고는 있습니다. 그리고 그들이 놓여 있는 상태를 그들 나름의 개인적인 방법으로, 살아갈 힘이 있는 풍요한 것으로 만들려고도 하고 있습니다. 왜냐하면 사랑의 문제는 다른 중요한 무엇보다도 훨씬 공적인 성격이 희박하고 이런저런 협조 등으로 해결되기 어렵다는 것을, 그리고 저마다의 경우에 따라서 새롭고 특별한 개인적 해답만을 필요로 하는 인간과 인간 사이의 절실한 문제라는 것을 천성적으로 알고 있기 때문입니다. 그러나 이미 서로 몸을 내던져 결합해버렸고, 서로의 경계도 없고 구별도 할 수 없는, 따라서 이제는 자기만의 것을 갖지 않은 그들이 어떻게 자기 자신에게 출구를, 이미 파묻혀버린 고독의 밑바닥에서 출구를 찾아낼 수 있겠습니까.

그들은 다 같이 의지할 바 없는 가운데 행동합니다. 그리고 그들의 뜻에 맞지 않는 인습(이를테면 결혼)을 어떻게든 피하려고 하지만, 결국 그보다는 덜 요란하지만 마찬가지로 치명적인 인습적 해결에 빠집니다. 왜냐하면 그때 그들의 주위는 온통 인습투성이기 때문입니다. 일찍부터 합류한, 불투명한 결합에서 비롯되는 어떠한 행동도 모두 인습적인 것입니다. 그러한 혼란의 결과인 모든 관계는, 그것이 아무리 관습에 없는 (즉 일반적인 의미에서 부도덕한) 관계라 할지라도 인습에 젖어 있습니다. 그렇습니다. 이혼조차 그 경우에는 인습적인 조치로서, 아무 힘도 결실도 없는 비개성적 우연의 결심에 지나지 않을 것입니다. 진지하게 보는 사람은 괴로운 죽음과 마찬가지로 괴로운 사랑에 대해서도 역시, 아직 아무런 해명도 해결도 암시도 길도 인식되지 않았음을 알 수 있을 것입니다. 그리고 우리가 포장한 채로 가지고 다니다가 열어보지도 않고 다음 사람에게 줘버리는 이 두 가지의 과제에 대해서는 어떠한 공통적인 규칙, 합의에 의거한 규칙을 얻어낼 수가 없을 것입니다. 그러나 우리가 개개의 인간으로서 인생을 시도해감에 따라서, 우리 개개의 인간은 이 위대한 두 가지 일을 차츰 몸 가까이에서 만나게 될 것입니다. 사랑이라는 어려운 작업이 우리의 발전에 과하는 요구는 힘에 겨운 것으로서, 초보자인 우리는 그것을 이겨낼 수가 없습니다. 그러나 우리가 견뎌내고, 사람들이 자기 존재의 가장 진지한 진심을 피해서 그 배후에 몸을 숨겨온 모든 안이하고 경박한 유희에 자기를 잃는 대신 이 사랑을 짐으로서, 학습기로서 짊어진다면, 우리의 훨씬 뒤에 올 사람들은 약간의 진보와 가벼워짐을 느낄 수 있을 것입니다. 이것은 대단한 것이라고 생각합니다.

우리는 지금 비로소, 한 개인의 다른 개인에 대한 관계를 선입관 없이 있는 그대로 관찰하는 데까지 왔습니다. 그러나 그러한 관계를 살아가려고 하는 우리 시도에는 도움이 될 모범이 하나도 없습니다. 그렇지만 시대의 변천 가운데 우리 소심한 초보자의 첫걸음을 도우려는 많은 것이 나타났습니다.

새로운 자기 발전을 하고 있는 소녀나 부인은 일시적으로는 남성의 좋고 나쁜 버릇의 모방자가 되고, 남성의 직업을 반복하는 자가 될 것입니다. 그러한 과도기의 동요가 지난 후에야 비로소 여성들은 오직 그녀들의 독자적인 본질을, 그것을 왜곡하려 드는 남성의 영향에서 정화하기 위해 수없이 그러한 (때로는 우습기만 한) 가장假裝과 변화 속을 통과했음을 알게 될 것입니다. 여성의 내면에는 삶이 보다 직접적이고 보다 생산적으로 보다 신뢰감에 차서 깃들어 있으므로, 육체의 열매의 무게로 삶의 표면 밑으로 끌어당겨진 적 없는 경박한 남성이나 거만하고 성급하며 자신이 사랑한다고 생각하는 것을 업신여기는 남성보다는, 근본에 있어서 훨씬 성숙하고 훨씬 인간적인 인간이 되어 있을 것입니다. 고통과 굴욕을 견디고 나온 여성의 이 인간성은, 여성이 그 외적인 신분의 변화와 함께 오직 여성다워야 한다는 인습을 벗어던지는 날에야 비로소 명백해질 것입니다. 그리고 오늘날에도 아직 그날이 다가오고 있음을 느끼지 못하는 남성들은 그것에 경악하고 타격을 받을 것입니다. 어느 날엔가(오늘이라도, 특히 북쪽 나라들에서는 이미 그 확실한 징후가 나타나서 빛을 발하고 있습니다만) 그 이름이 이제는 남성의 반대를 의미할 뿐만 아니라 그 자신이 독립된 독자적인 그 무엇, 보충이나 한계가 아니라 오직 삶과 존재만이 생각나는 그 무엇을 의미하는 소녀나 부인, 즉 인간으로서의 여성이 나타날 것입니다.

이러한 진보가 지금은 오류에 차 있는 사람의 체험을 (우선은 추월된 남성들의 의사와는 많이 다르게) 변혁할 것입니다. 이제는 남성의 여성에 대한 관계가 아니고, 인간의 인간에 대한 관계를 의미하는 것으로 변혁할 것입니다. 그리고 보다 인간적인 사랑(무한히 분별 있고, 상냥하고, 맺을 때나 떨어질 때도 선의로서 드맑게 행하여질 사랑)은 우리가 버둥거리며 애써 준비하고 있는 저 사랑, 두 개의 고독이 서로 지키고 이웃하고 인사함으로써 성립되는 사랑을 닮을 것입니다.

그리고 한마디 더 하겠습니다. 일찍이 어린아이였을 때 당신에게 주어졌던 저 커다란 사랑이 상실되었다고는 생각하지 마십시오. 당신이 오늘도 그것에 의해 살고 있는 크고 훌륭한 소망이나 뜻이, 이미 그때 당신의 내면에서 성숙해 있지 않았다고 단언할 수 있겠습니까. 그 사랑은 당신의 첫 깊은 고독이었고, 당신이 자신의 삶에 가한 최초의 내면적 작업이었던 것입니다. 당신의 기억 속에 아주 강렬히 남아 있을 줄로 압니다. 안녕하십시오, 친애하는 카푸스 씨.

당신의,
라이너 마리아 릴케

소네트

내 생명 속을 뚫고 탄식도 한숨도 없이
새까만 아픔이 떨면서 지나간다.
내 꿈의 정결한 꽃보라는
내 고요한 나날의 축성식이어라.

그러나 커다란 물음이 자주
내 오솔길을 가로지른다. 나는 몸이 움츠러들고
추위에 떨며 지나간다.
깊이를 알 수 없는 호숫가를 지나듯이.

그때 슬픔 하나가 내 머리 위로 갈앉아 온다.
때때로 별 하나가 깜박거린다.
빛이 아쉬운 여름밤의 잿빛처럼 우울하여라.

하여, 나의 손은 사랑을 더듬는다.
뜨거운 내 입이 찾아낼 수 없는 음향이 되어
나는 기도하고 싶어라…….

프란츠 카푸스

Flädie, Borgeby gärd, Schweden,
am 12. August 1904

친애하는 카푸스 씨 ─────────────────────

다시 잠시 동안, 당신에게 이야기를 하고자 합니다. 당신에게 도움이 되거나, 당신에게 유익한 이야기는 거의 할 수 없지만 말입니다. 당신은 이미 지나간 일이지만 커다란 슬픔을 많이 겪었습니다. 그리고 당신은 이 지나감마저도 괴롭고 역겨웠다고 하십니다. 그러나 잘 생각해보십시오. 이 커다란 슬픔은 오히려 당신의 한가운데를 뚫고 간 것이 아닌가를. 당신의 내부에서 많은 것이 변화하지 않았는가를. 서러워하는 동안에 당신 자신이 어딘가에서, 당신의 본질 어딘가에서 변화하지 않았는가를. 위험하고 나쁜 것은, 사람들의 목소리를 지우려고 사람들 사이로 끼어드는 그런 유의 슬픔뿐입니다. 그것은 마치 겉으로만 어설프게 치료된 질병처럼, 조금 지나면 전보다도 더 무서운 힘으로 돌발해 나옵니다. 그리고 내부에 축적되어 하나의 삶이 됩니다. 살아 있을 수 없는, 무시당하고 타락한 삶이 됩니다. 그것은 사람의 목숨을 앗을 수도 있습니다. 만약 우리가 우리의 지식이 미칠 수 있는 곳보다 더 멀리 볼 수 있고 우리 예감의 전진 보루보다 조금만 더 앞을 내다볼 수 있다면, 그때 우리는 아마도 우리의 기쁨을 견뎌내는 것보다 더 큰 신뢰감을 가지고 우리의 슬픔을 견뎌낼 것입니다. 왜냐하면 슬픔이란 어떤 새로운 것, 어떤 미지의 것이 우리의 내부로 들어온 순간이기 때문입니다. 우리의 감정은 나약하게 수줍어하며 침묵하고, 우리 내부의 모든 것이 뒷걸음쳐서, 거기서 하나의 고요가 생깁니다. 그리고 아무도 모르는 새로운 것이 그 한가운데 서서 침묵하는 것입니다.

우리의 거의 모든 슬픔은 긴장의 순간이라고 생각합니다. 그 긴장을 우리는 마비라고 느끼는 것입니다. 마비라고 느끼는 것은, 이상하게 여기던 우리 감정이 살아 있는 소리가 이제는 들리지 않기 때문입니다. 우리의 내부로 들어온 낯선 자와 둘만 있게 되기 때문입니다. 친숙하고 익숙하던 것이 모두 일순간에 우리에게서 제거되기 때문입니다. 머물러 설 수 없는 과도기의 한가운데 우리가 서 있기 때문입니다. 그러므로 슬

품도 역시 지나가버립니다. 우리 내부의 새로운 것, 부가된 것은 우리의 심장 속으로 들어갔습니다. 심장의 제일 깊숙한 방으로 들어갔습니다만, 벌써 거기에도 없습니다. 이미 피 속에 있는 것입니다. 우리는 그것이 무엇이었는지를 모릅니다. 아무 일도 일어나지 않았다고 우리로 하여금 쉽게 믿게 할 수도 있습니다. 그러나 우리는 변한 것입니다. 마치 손님이 들어온 집이 변하는 것같이. 누가 왔는지를 말할 수는 없습니다. 우리는 아마도 그것을 결코 알지 못할 것입니다. 그러나 미래가, 그것이 일어나기 훨씬 전에 우리의 내부에서 변신하기 위하여 그렇게 우리 내부로 들어온다는 것을 많은 징후가 말해주고 있습니다. 그러므로 슬플 때에는 고독하게, 주의 깊게 있는 것이 매우 중요합니다. 왜냐하면 우리의 미래가 우리의 내부로 들어오는 순간은, 언뜻 아무 일도 일어나지 않는 마비된 순간처럼 보이지만, 이러한 순간이야말로 외부에서 오는 듯이 보이는 미래가 실지로 일어나는 저 요란스러운 우연적 순간보다 훨씬 더 삶에 가깝기 때문입니다. 우리가 슬픔을 가진 자로서 조용하고 끈기 있고 솔직할수록 보다 깊고도 보다 확고하게 그 새로운 것이 우리의 내부로 들어옵니다. 우리는 그것을 더욱 잘 획득하고, 그것은 더욱더 **우리의** 운명이 됩니다. 그리고 훗날 언젠가 그것이 '일어날' 때(즉 우리에게서 나가서 다른 사람들에게 갈 때) 우리는 우리가 가장 깊은 내부에서 그것과 친근하고 가까운 사이임을 느낄 것입니다. 이것이 필요합니다. 그리고 그 방향으로 우리의 발전도 차츰 나아가겠지만, 우리가 만나는 것이 전혀 낯설지 않고 오래전부터 우리 것이었을 뿐이다, 이렇게 될 필요가 있습니다. 지금까지 운동의 개념에 대한 생각이 자주 변경되지 않으면 안 되었습니다만, 우리가 운명이라고 부르는 것이 외부에서 인간의 내부로 들어오는 것이 아니라 인간의 내부에서 외부로 나가는 것이라는 사실도 차츰 인식하게 될 것입니다. 다만 대부분 사람들이 자신의 운명이 자기 내부에 사는 동안에 그것을 흡수하고 자기 자신으로 변화시키지 않았기 때문에, 자신의 내부에서 나온 것을 그것으로 인식할 수가 없었을 뿐입니다. 그들에게는 그것이 너무나 낯설어 그저 놀라고 당황할 뿐, 그것이 분명 지금 처음으로 자신의 내부로 들어왔다고 생각한 것입니다. 왜냐하면 이와 비슷한 것을 전에는 자신의 내부에서 본 적이 없다고 그들은 맹세하였기 때문입니다. 오랫동안 태양의 운동에 대해 잘못 생각해왔듯이, 앞으로 올 것의 운동에 대해서도 여전히 잘못 생각하고 있습니다. 미래는 움직이지 않고 가만히 서 있습니다. 그러나 친애하는 카푸스 씨, 우리는 무한한 공간 속을 움직이고 있는 것입니다. 어찌하여 이것을 어렵다고 하지 않을 수 있겠습니까.

그리고 다시 고독에 대해 이야기한다면, 우리가 가려서 집어 들든 손을 떼든 할 수 있는 것은 필경 아무것도 아니라는 것이 더욱 명확해집니다. 우리는 고독한 **존재입니다.** 그것을 잘못 생각하여 그렇지 않은 듯 행동할 수도 있습니다. 그뿐입니다. 그러나 우리는 고독하다는 것을 이해하고, 바로 거기에서 출발하는 편이 얼마나 더 좋은지 모릅니다. 물론 현기증을 느낄 수도 있습니다. 왜냐하면 우리가 평소에 눈을 두고 있던 모든 점을 빼앗기고, 근처에는 이제 아무것도 없고 먼 것은 끝없이 멀기 때문입니다. 자기 방에서 거의 아무런 준비도 없이 단번에 높은 산맥의 정상으로 끌려간 자라면, 아마도 같은 느낌을 가질 것입니다. 비할 데 없는 불안정감, 형언할 수 없는 것에 몸을 맡겨야 할 상태가 그를 거의 파괴해버릴 것입니다. 그는 추락하는 듯한 착각을 느끼고, 공간에 내던져져 자신의 몸이 산산조각으로 흩어졌다고 생각할 것입니다. 그의 두뇌는 이러한 감각의 상태에 따라가기 위해, 그리고 그것을 해명하기 위해 얼마나 터무니없는 거짓말을 생각해내야 하겠습니까. 고독한 사람에게는 모든 거리, 모든 척도가 이처럼 변하는 것입니다. 이러한 변화의 대다수는 갑자기 일어납니다. 그리고 그때, 산꼭대기로 끌려간 그 남자의 경우와 마찬가지로 참을 수 있는 한도를 훨씬 넘었다고 여겨지는 이상한 상상이나 기묘한 감각이 생기는 것입니다. 그러나 우리는 그것도 체험할 필요가 있습니다. 우리는 우리의 존재를 그것이 미칠 수 있는 만큼 넓게 받아들이지 않으면 안 됩니다. 모든 것이, 전례 없는 것이라 할지라도 그 속에서는 가능할 수 있어야 합니다. 이것이 필경 우리에게 요구되는 유일한 용기입니다. 우리가 만나게 될지도 모르는 가장 기묘한 것, 가장 기이한 것, 가장 해명하기 어려운 것에 대해 용감해야 합니다. 인간이 지금까지 이런 의미에서는 소심했던 것이 인생에 무한한 화禍를 미쳤습니다. '환상'이라고 불리는 체험, 이른바 '영계靈界'의 세계, 죽음 등 우리와 아주 가까운 이 모든 것이 날마다 생활에서 방지되고 멀리로 밀려났기 때문에, 이것을 포착할 수 있는 우리의 감각이 위축되고 말았습니다. 신神에 대해서는 언급하지 않기로 합니다. 그러나 해명할 수 없는 것에 대한 공포가 개개인의 존재를 이전보다도 빈약하게 했을 뿐만 아니라, 인간과 인간의 관계도 그것 때문에 제한되었습니다. 말하자면 무한한 가능성의 강바닥에서 아무 일도 일어나지 않는 불모의 기슭으로 들어 올려진 것입니다. 왜냐하면 인간관계가 말할 수 없이 단조롭고 구태의연하게 임기응변으로 되풀이되는 것은 태만 때문만이 아닙니다. 도저히 감당할 수 없다고 생각되는 어떤 새로운, 헤아릴 수 없는 체험에 대한 공포 때문이기도 한 것입니다. 그러나 무엇에 대해서도 각오가 되어 있는 사람, 아무리 난해한 그 무엇이든 거부하지 않는 사람만이 다른 사람에 대한 관계를 생동하는 것으로서 체험할 수가 있고, 자신도 자신의 존재를 남김없이 펴낼 수가 있을 것입니다. 왜냐하면 이 개개인의 존재라는 것을 크든 작든 하나의 공간으로 생각할 때 대개의 사람은 자기 공간의 한구석만을, 즉 창가의 한 장소라든가 그들이 왔다 갔다 하는 좁다란 하나의 장소만을 알고 있는 데 지나지 않기 때문입니다. 이리하여 그들은 일종의 안정을 얻는 것입니다. 그렇지만 에드거 앨런 포Edgar Allan Poe의 이야기에 나오는 죄수들이 그들의 무서운 감옥이 어떤 모양인가를 더듬어 살펴보고 싶어 하고, 그들이 묵고 있는 장소의 말할 수 없는 공포가 어떤 것인가를 알고 싶어 하는 저 위험에 찬 불안정이 훨씬 더 인간적입니다. 그러나 우리는 죄수가 아닙니다. 함정도 올가미도 우리 주위에는 설치되어 있지 않습니다. 우리를 불안하게 하거나 괴롭히는 것은 하나도 없습니다. 우리는 우리의 가장 적합한 환경인 인생 위에 놓여 있습니다. 게다가 우리는 수천 년의 적응으로 이 인생과 매우 닮아버린 터라, 조용하게만 있으면 교묘한 보호색 덕분으로 우리를 둘러싼 모든 것에서 거의 구별되지 않을 정도입니다. 우리는 우리의 세계에 대해 불신감을 가질 아무런 이유가 없습니다. 우리의 세계는 우리를 거역하지 않기 때문입니다. 우리의 세계에 공포가 있다면, 그것은 **우리의** 공포입니다. 심연이 있다면 그 심연은 우리의 것입니다. 만약 위험이 있다면 우리는 그것을 사랑하려고 애쓰지 않으면 안 됩니다. 그리고 언제나 어려운 것에

젊은 시인에게 보내는 편지

의지하지 않으면 안 된다고 우리에게 권하는 저 원칙 위에 우리의 삶을 세운다면, 지금껏 가장 낯선 것으로 여겨지던 것이 가장 친근하고 가장 충실한 것이 될 것입니다. 모든 민족의 시초에 찾아볼 수 있는 저 옛 신화를, 마지막 찰나에 공주로 변신하는 용의 신화를 우리는 어찌 잊을 수가 있겠습니까. 아마도 우리 인생의 모든 용은 공주일 것입니다. 다만 언젠가 우리가 아름답고 용감해지는 순간을 기다리고 있을 뿐입니다. 깊이 생각해보면, 모든 무서운 것은 우리에게 도움을 청하고 있는 의지할 데 없는 것이라 할 수 있습니다.

그러므로 친애하는 카푸스 씨, 당신이 아직 본 적 없는 커다란 슬픔이 당신 앞에 느닷없이 나타나더라도, 어떤 불안이 빛이나 구름의 그림자처럼 당신의 두 손과 당신의 모든 행위 위로 지나가더라도 당신은 놀라서는 안 됩니다. 당신은 그 무엇이 당신에게서 일어나고 있다, 인생이 당신을 잊지는 않는다, 인생이 당신을 손안에서 떠받치고 있다는 것을 생각하지 않으면 안 됩니다. 인생이 당신을 떨어뜨리지는 않을 것입니다. 당신은 그 어떤 불안이, 그 어떤 아픔이, 그 어떤 우울이 당신에게 어떠한 작용을 하는지도 모르면서 왜 이들 상태를 당신의 인생에서 내쫓아버리려고 합니까. 왜 당신은 이런 모든 것이 어디서 와서 어디로 가는지, 라는 물음에 끊임없이 뒤쫓기고 있습니까. 당신이 과도기에 있다는 것을, 그리고 자신이 변혁되기를 무엇보다도 원한다는 것을 알면서 말입니다. 만약 당신의 여정에 어떤 병적인 것이 있다면, 병이란 하나의 유기체가 이질물異質物에서 벗어나기 위한 하나의 수단이라는 것을 생각하십시오. 그때 우리는 유기체가 병에 걸리는 데 협력하고 병을 완전히 거쳐서 탈출하는 데 협력하지 않으면 안 됩니다. 그것이 유기체의 진보이기 때문입니다. 당신의 내부에서, 친애하는 카푸스 씨, 지금 아주 많은 일이 일어나고 있습니다. 당신은 병자처럼 참을성 있고, 회복기의 환자처럼 확신에 차 있어야 합니다. 왜냐하면 당신은 필시 둘 다이기 때문입니다. 게다가 또 당신은 당신 자신을 감시해야 할 의사이기도 합니다. 그러나 어떠한 병에도 의사가 기다리는 수밖에 달리 도리가 없는 그런 나날이 있게 마련입니다. 그리고 기다림이야말로 당신이 당신의 의사인 한 지금 무엇보다도 먼저 해야 할 일입니다.

너무 지나치게 자신을 관찰해서는 안 됩니다. 당신에게서 일어나는 일에서 너무 성급한 결론을 내려서는 안 됩니다. 그저 일어나는 그대로 버려두십시오. 그러지 않으면 지금 당신이 당하는 모든 일에 당연히 관련되어 있는 당신의 과거를 질책의 눈으로(즉 도덕적인 판단으로) 보게 될 것입니다. 그러나 당신의 소년 시절의 과오나 소망이나 동경 가운데 지금 당신의 내부에서 작용하고 있는 것은 당신이 추억하여 판결을 내릴 만한 것이 못 됩니다. 고독하고 의지할 데 없는 소년 시절의 비상한 처지는 매우 어렵고 매우 복잡하며 매우 많은 영향 아래 놓여 있는 동시에 모든 실생활과는 유리되어 있으므로, 어떤 악덕이 그 속에 들어서도 그것을 당장에 악덕이라고 부를 수는 없습니다. 일반적으로 명칭이라는 것에 대해서는 신경을 쓰지 않으면 안 됩니다. 한 생명의 파멸은 명칭이 없는 개인적 행위 자체에 의한 것이 아니고, 한 범죄의 명칭에 의하는 경우가 많습니다. 이 명칭이 없는 개인적 행위란 아마도 그 생명의 아주 확고한 필연성이었을 것이며, 그 생명이 쉽게 받아들이는 것이었는지도 모릅니다. 그리고 힘의 낭비가 당신에게 그토록 크게 여겨지는 이유는 당신이 승리를 너무 중히 여기고 있기 때문입니다. 당신이 그렇게 여기는 것은 당연하지만, 당신이 성취했다고 믿는 '위대한 것'이 꼭 승리는 아닙니다. 위대한 것은, 당신이 저 기만과 대치할 수 있었던 어떤 진실한 것이 이미 거기에 존재했다는 것입니다. 이것이 없다면 당신의 승리는 폭넓은 의미도 없는 단순한 도덕적 반동에 지나지 않았을 것입니다. 그러나 당신의 승리는 당신 삶의 한 시기가 되었습니다. 친애하는 카푸스 씨, 제가 언제나 행복하기를 빌고 있는 당신 삶의 시기가 말입니다. 이 삶이 얼마나 어린아이에서 '어른'이 되고 싶다고 동경해왔는지를 당신은 상기합니까. 저는 지금 그것이 어른에서 보다 큰 것이 되고자 동경하고 있음을 알고 있습니다. 그러므로 삶은 어려워지는 것을 늦추지 않습니다. 그러므로 삶은 성장하는 것도 늦추지 않습니다.

그리고 한마디 더 당신에게 드릴 말씀이 있다면, 바로 이런 것입니다. 당신을 위로하려고 애쓰는 자가 때때로 당신을 기쁘게 하는 단순하고 조용한 말 그늘에서 아무런 고생도 없이 살고 있다고는 생각지 마시기를. 그의 삶도 많은 고생과 슬픔에 차 있고, 당신보다 훨씬 뒤져 있습니다. 그렇지 않다면, 그는 그러한 말을 찾아낼 수 없었을 것입니다.

당신의,
라이너 마리아 릴케

스웨덴, 욘세레드, 푸루보리,
1904년 11월 4일

Furuborg, Jonsered, in Schweden,
am 4. November 1904

친애하는 카푸스 씨 _____

편지를 드리지 못한 그동안, 저는 여행 중이거나 일이 바빠
서 편지를 쓸 수가 없었습니다. 오늘도 힘이 듭니다. 많은 편지
를 써야만 했기에 손이 피로합니다. 받아쓰게 할 수 있다면 여
러 가지를 말씀드리겠습니다만 그렇게도 할 수 없으니, 당신
의 긴 편지에 대한 회답으로 몇 마디만 받아주셔야겠습니다.

친애하는 카푸스 씨, 오로지 당신이 행복하기를 빌며 당신
에 대해 자주 생각하는 만큼, 이것이 당신에게 어떤 의미로는
도움이 될 줄로 압니다. 제 편지가 과연 도움이 되고 있는지,
저는 곧잘 의문을 갖곤 합니다. 물론 도움이 된다고 말씀하지

마십시오. 담담하게 제 편지를 받으시고, 너무 감사히 여기지는 마십시오. 오고야 말 것을 기다리기로 합시다.

지금 제가 당신의 말 하나하나를 문제 삼아 말씀드리는 것은 아마도 별로 도움이 되지 않을 것입니다. 당신의 회의적인 경향이라든가, 외부와 내면의 생활을 조화시킬 수 없다고 하시는 말씀이라든가, 그 외에 당신을 괴롭히는 모든 것에 대해 제가 드릴 수 있는 말씀은 이미 해드린 이야기와 언제나 같기 때문입니다. 견디기에 충분한 인내와, 믿기에 충분한 순진성을 당신의 내부에서 찾아내십사 희망합니다. 어려운 것에 대해서, 그리고 다른 사람들 사이에서 느껴지는 당신의 고독에 대해서 더욱더 깊은 신뢰감을 가져달라는 희망입니다. 또 인생으로 하여금 제 길을 가게 하는 것입니다. 제 말을 믿으십시오. 인생은 옳은 것입니다, 어떠한 경우에도.

감정에 대해서도 말씀드리겠습니다. 당신을 집중시키고 고양하는 감정은 모두가 순수하고, 당신의 본질을 일면만 파악하여 당신을 왜곡하는 감정은 불순합니다. 당신이 당신의 어린 시절을 앞에 두고 생각할 수 있는 것은 모두 좋습니다. 당신을 지금까지의 최고의 시간보다 **더한** 것으로 만드는 것은 모두 옳습니다. 그것이 당신의 피 **전체** 속에 있다면, 그것이 도취와 혼탁이 아니며 밑바닥까지 들여다보이는 기쁨이라면, 어떠한 고양高揚도 좋은 것입니다. 제가 말하는 의미를 아시겠는지요.

그리고 당신의 회의도 당신이 그것을 **훈련한다**면 하나의 좋은 특성이 될 수 있습니다. 그것은 **지적**인 것이 되고, 비판력이 되어야 합니다. 회의가 당신의 그 무엇을 해치려고 할 때마다, 회의에게 **왜** 그것이 싫은지를 물으십시오. 증명을 요구하여 잘 음미해보십시오. 그러면 아마도 회의가 어찌할 바를 모르고 당황하는 것을, 또한 회의가 무리한 말을 하고 있음을 알수가 있을 것입니다. 그러나 굴복해서는 안 됩니다. 논거를 요구하십시오. 그때그때 신중하게, 철저하게 하십시오. 그러면 파괴자였던 회의가 당신의 가장 훌륭한 일꾼의 하나가 될 날이, 아마도 당신의 삶을 구축하는 모든 자 가운데 가장 현명한자가 될 날이 올 것입니다.

친애하는 카푸스 씨, 이것이 오늘 제가 당신에게 말할 수 있는 전부입니다. 그러나 프라하의《독일 작품》이번 호에 실린제 짧은 시의 별쇄본을 함께 보냅니다. 그 시에서 저는 삶과죽음을, 그리고 이 두 가지가 다 위대하고 찬란하다는 것을 당신에게 계속 이야기하도록 하겠습니다.

당신의,
라이너 마리아 릴케

파리,
1908년 크리스마스 다음 날에

Paris,
am zweiten
Weihnachtstage 1908

친애하는 카푸스 씨

당신의 아름다운 편지를 받고 제가 얼마나 기뻐했는지를 알아주셨으면 합니다. 지금 다시 이처럼 현실적이고 말로써 표현할 수 있는 소식을 주셔서 좋아 보였습니다. 그리고 곰곰이 오래 생각하면 할수록 정말 좋은 일이라 여겨집니다. 이 편지를 사실은 크리스마스이브에 쓰고 싶었습니다. 그러나 이번 겨우내 여러 가지로 끊임없이 일에 몰두하는 동안에 이 예부터의 축제가 너무나 빨리 와버려서, 꼭 필요한 물건을 살 시간조차 없었습니다. 편지를 쓸 여유 같은 것은 더욱 없었습니다.

그러나 저는 이 축제일 동안 당신을 자주 생각했습니다. 그리고 저 망망한 남풍이 산들을 단번에 삼켜버릴 듯이 불어 내리는 그 적적한 산들 사이의 고독한 요새에서 당신이 얼마나 조용히 살고 있는가를 상상했습니다.

그 같은 소음과 움직임을 내포한 정적은 실로 거대할 것입니다. 그리고 거기에다 요원한 바다의 존재가 덧붙여지고, 어쩌면 선사시대의 화음 속에 있는 가장 내적인 소리가 되어 함께 울려 퍼지고 있다는 것을 생각하면, 이제 당신의 삶에서 지워버릴 수 없을 이 광대한 고독이 작용하는 것을 당신이 깊은 신뢰감으로 끈기 있게 받아들이기만을 바랄 뿐입니다. 이제 그 고독은 당신에게서 결코 떨어져 나가지 않을 것입니다. 당신이 앞으로 체험하고 행하는 모든 것 가운데 이 광대한 고독이 익명의 영향으로서 조용히 결정적인 작용을 계속할 것입니다. 이를테면 우리 속에서 조상의 피가 끊임없이 움직이며 우리의 피와 하나가 되어, 우리 삶의 전환기에 언제나 그렇듯이 유일한 것, 되풀이할 수 없는 것이 되듯 말입니다.

그렇습니다. 저는 당신이 이 같은 확고한 말로 표현할 수 있는 실존을 가지게 된 것을, 이 같은 칭호를, 이 같은 제복을, 이 같은 직무를, 이 같은 모든 파악된 것과 제한된 것을 갖게 된 것을 기뻐하고 있습니다. 그것은 과히 많지 않은 대원이 똑같이 고립되어 있는 환경에서는 진지성과 필연성을 띠고, 유희적이고 시간 낭비적인 군인이라는 직업을 뛰어넘어 주의 깊은 사용을 의미하며, 독자적인 주의력을 방해하지 않을뿐더러 육성하기도 하는 것입니다. 그리고 우리가 우리를 만들어내는 상황 속에, 때때로 우리를 위대한 자연의 사물 앞에 세워주는 상황 속에 있다는 것, 이것이 필요한 전부입니다.

예술도 역시 사는 방법의 하나입니다. 그리고 우리는 어떻게든 살아가면서, 자신도 모르는 새 예술에 대한 준비를 하는 수가 있습니다. 우리가 현실 속에 있는 것이, 이를테면 저널리즘 전체, 그리고 거의 모든 비평 등 문학이라 불리고 또 문학이라 불리고 싶어 하는 것의 절반이 그러하듯이, 교묘하게 예술에 가까워 보이지만 실은 모든 예술의 존재를 부정하고 공격하는 저 비현실적이고 반ᅟᆞ예술적인 직업에 종사하는 것보다는 더욱 예술에 가깝고 더욱 인접해 있는 것입니다. 한마디로 저는 당신이 그러한 데 떨어질 위험을 극복하고, 황량한 현실의 어딘가에서 고독하고 용감하게 살고 있다면 기쁘겠습니다. 다가올 해가 당신을 그 현실 속에서 육성하고 강화해주기를.

ᆞ

변치 않는 당신의,
라이너 마리아 릴케

젊은 여인에게 보내는 편지 ——

스위스, 그라우뷘덴, 조글리오,
1919년 8월 2일

Sogilo, Graubünden, Schweiz,
am 2. August 1919

보내주신 편지에 대한 회답으로는, 그것을 왜 쓰시지 않으
면 안 되었나 하는 충동을 제가 얼마나 잘 알고 있는가를 말씀
드리는 것이 제일 좋고 제일 확실한 방법이라고 생각합니다.
예술이라는 것이 무엇을 변명하거나 개선할 수는 없습니다.
한번 이루어지고 나면 자연과 조금도 다름없이 인간을 마주
하고 서서, 자신의 내부에서 충족한 존재가 되어 스스로에게
만 전념합니다(마치 분수처럼). 요컨대 이렇게 말해도 괜찮다면,
무관심이라 해도 좋습니다. 그러나 결국은 이 내성적이고, 그
리고 그것을 규정하는 의지에 의해 억제된 두 번째 자연도 인
간적인 것으로 만들어져 있다는 것, 인내와 환희의 극으로 되
어 있다는 것을 알게 됩니다. 그리고 예술 작품 속에 응집되어

나타나는 저 무진장한 위안의 보고를 여는 열쇠가 바로 여기에 있습니다. 그러나 이 위안에 대해서는 고독한 자라야만 특별한, 말로는 다 할 수 없는 권리를 요구할 자격이 있는 것입니다. 인생에는 동격의 사람들 사이에서 느끼는 고독이, 그저 쉽게 서로 사귈 때에는 말을 해도 도저히 이해할 수 없을 정도로 짙게 진전되는 순간이 있습니다. 아니, 세월이 있습니다. 자연이 인간에게 다가올 수는 없습니다. 자연의 아주 작은 부분하고라도 관련을 맺으려고 한다면, 사람은 자연을 새롭게 해석하고, 자연에 구혼하고, 말하자면 자연을 인간적인 것으로 번역할 힘을 갖지 않으면 안 됩니다. 그러나 바로 이것을, 근본적으로 고독한 사람은 할 수 없습니다. 너무 고독할 때에는 그저 무조건으로 주어진 것을 받아들이고 싶을 뿐, 스스로 이것을 맞아들일 수가 없습니다. 이를테면 활력이 쇠퇴해버린 사람이 내밀어주는 음식에도 입을 벌릴 생각이 없는 것과 같습니다. 우리에게로 다가오려 하고, 또 다가오게 되어 있는 것은 우리에게 동경을 가지고 우리라는 이 존재를 파악하여 우리의 분자 하나하나를 굴종으로 변화시켜버릴 정도로 엄습할 필요가 있습니다. 엄밀히 말하면 그때에도 변화된 것은 아무것도 없습니다. 예술 작품이 인간을 도울 수 있으리라고 기대하는 것은 주제넘은 생각일지도 모릅니다. 그러나 하나의 예술 작품이 내포하고 있고 그것을 외부로 쓰려고 하지 않는 인간적인 것의 긴장, 즉 예술 작품의 내면적 강도가 외연하려 하지 않고 오직 거기에 존재함으로써, 마치 그것이 노력이고 요구이며 곧 영혼을 앗아 갈 만한 구애이며 격려이고 초청인 것 같은 착각을 일으키는 것은, 바로 예술이라는 것의 (직능이 아니고) 양심입니다. 그리고 예술품과 고독한 인간의 이 기만은, 창세 이후 신적인 것이 그것에 의해 촉진되어온 저 승려적인 기만과 같은 것입니다.

조심성도 없이 제 말이 길어졌습니다만, 당신의 편지는 바로 저에게, 편지를 쓴 사람이 그저 아무렇게나 이름 붙인 어느 누구가 아닌 바로 저에게 쓰인 것이었습니다. 그래서 저도 그에 못지않게 자상하고 싶었고 빈말이 아닌, 두 영혼의 접촉에서 오는 참다운, 있는 그대로의 체험을 당신에게 이야기하고 싶었습니다. 편지 말미에서 당신이 아기 이야기를 하셨기에, 당신의 편지가 더 친밀하게 느껴졌습니다. 충분히 준비해 이 신뢰를 받아들이는 것 말고는 달리 대답할 도리가 없습니다. 괜찮으시다면 아기와 당신 자신에 대한 것을 저에게 들려주십시오. 몇 페이지가 되어도 상관없습니다. 저는 아직도 편지를 정신 교류의 한 가지 수단, 가장 아름답고 가장 수확이 많은 수단의 하나라고 생각하고 있는 구식 사람입니다. 이렇게 생각하기 때문에 간혹 편지 쓸 것이 불어나서 도저히 감당할 수 없을 때가 있다는 점도 물론 말씀드려야겠습니다. 더구나 곧

잘 몇 개월씩 창작하는 것이, 그것보다도 더 자주 (전쟁 내내 그랬듯이) 어쩔 수 없는 '영혼의 고갈'이 저를 말 못 하게 하고 오래 침묵을 지키게 하는 적이 있다는 점도 말씀드려야겠습니다. 그러나 그 대신 저는 갖가지의 인간적인 관계도, 검소하고 계산만 하는 인간 생활의 척도로 재지 않고 자연의 척도로 재고 있습니다.

괜찮으시다면 이것을 앞으로 저희들 사이의 결합과 약속으로 삼았으면 합니다. 오랫동안 격조할지도 모릅니다. 그러나 별로 지장이 없으시다면, 오늘 제가 처음으로 그랬듯이 당신의 사정을 묻고 싶고 또 알게 되었으면 합니다.

●

라이너 마리아 릴케

스위스, 조글리오(그라우뷘덴, 베르겔),
1919년 8월 30일

Sogilo(Bergell, Graubünden)
am 30. August 1919

처음부터 이것만은 단언해두겠습니다만, 당신이 그러한 소식으로 저를 기쁘게 해주는 한, 당신의 편지가 제게 해답하는 의무를 직접적으로 지우지는 않습니다. 마음을 놓으시라고 드리는 말씀입니다. 당신이 말씀하시는 경험 멀리에서 제게 알려주신 당신의 심정 등은 원래 해답이 미치는 범위에서 완전히 벗어나 있는 것입니다. 그러한 물음은 우리의 가장 고유한 삶이 묻는 본성과 같기 때문입니다. 누가 그것에 대답할 수 있겠습니까. 아마도 행복이라든가, 재해라든가, 예측할 수 없는 순간적인 마음 등이 회답을 가지고 갑자기 우리를 엄습할지도 모릅니다. 혹은 우리 자신의 내부에서 서서히 눈에 띄지 않게 형성되어가든가, 아니면 누군가가 그것을 우리 눈앞에 펼쳐

87   젊은 여인에게 보내는 편지

보일 것입니다. 이 회답은 그 사람의 눈에서 넘치고, 그 자신은 알지 못하는 그의 마음의 새로운 페이지에 적혀 있기 때문에, 우리가 그 페이지를 그에게 읽어주게 됩니다. 그러나 그것을 읽히는 그대로 그냥 두십시오. 물음으로서는 끝난 것이 아닐까요.

무엇이, 어떠한 인간적인 체험이, 그리고 어떠한 인간적인 것의 발언이 마침내 물음의 나지막한 언덕으로 올라가서 가슴을 활짝 펴고 서지 않을 리가 있겠습니까. 누구를 향해서라고 하십니까. 하늘을 향해서 말입니다.

여성의 운명運命. 그것은 절대로 충실하고 완결된 것, 회답을 얻은 것이기를 바라고 싶습니다. 여성의 운명이 물음 그대로 있는 것은 부자연스럽습니다. 그러나 잊어서는 안 됩니다. 남성이 그것과 마주 섭니다. 마치 우리 개개인이 자연과 마주 서듯이. 말하자면 우리는 그처럼 무진장한 것을 파악할 힘이 없고, 손에 쥐고 숨을 쉬었다가는 이내 곧 놓아버리고, 자연에서 눈을 떼고는 도시로 헤매어 들어가고, 책에 매달렸다가는 자연에서 탈락하여 생존의 틈새로 떨어지고, 수면이나 각성의 습관에 있어서도 모두 자연을 부정하고 부인하는 사이에, 마침내 불쾌감의 물결에, 환멸과 피로가 밀려오는 힘에, 그리고 돌진해오는 고통에 밀려 다시 자연의 품으로 내던져져서 이미 쇠퇴 속에 있던 우리는 실재하는 것으로서의 자연에 몸을 기대는 것입니다. 그러나 자기 자신 속에서 일하고 쉬는 완전무결한 자연은, 우리가 자연을 버려도 모릅니다. 우리 마음이 아무리 쇄도하거나 이탈해도 개의치 않고, 자연은 언제나 우리를 그 손 안에 두고 있습니다. 자연은 독거獨居의 필요를 느끼지 않습니다. 말하자면 자연은 완전한 것으로서 혼자이며, 일체一切이기 때문에 혼자인 것입니다. 그리고 그때에도 자연은 이 상태의 경계선에서 사는 것이 아니고, 그 따스하고 완전한 중앙과 성실 가운데 살고 있습니다. 고독에 처한 여성도 이 같은 은신처를 가질 필요가, 자기 자신의 내부에서 살고 자신의 내부로 온전히 회귀하는 그 본질의 동심원 속에서 살 필요가 있지 않겠습니까. 여성이 자연인 한은 때로 그것이 가능하겠지만, 그렇게 되면 여성을 구성하고 있는 반대물이 복수를 합니다. 이 반대물 때문에 여성이 한 몸으로 자연과 인간을 겸하고 있듯이, 무진장한 동시에 소진된 것이기를 강요당하고 있는 것입니다. 소진되었다는 것은 너무 많이 주어서 다 되었기 때문이 아니고, 여성이 언제나 계속 주면서 나아가서는 안 되기 때문이며, 그녀 자신의 헌신적인 풍요가 너무나 저장이 풍부한 그녀의 마음속에서는 짐이 되기 때문이며, 아침에 눈을 뜨면 생각하고 또 푹 잠들었을 때에는 말할 수 없을 만큼 그것을 충족시키는 분방하고 왕성한 야심이 결여되어 있기 때문입니다. 그렇습니다. 이렇게 소진한 여성은 대지에서 꽃도 자라지 않는 자연, 어린 토끼도 달아나고 새들도 달아나서 기다리는 보금자리로 다시는 돌아오지 않는 그런 자연의 상태에 있습니다. 그러나 그녀가 이러한 자연적 입장을 끝까지 고집하고 돌보고 충족시키면서 엄청나게 풍성한 수확을 주는 것이 자신의 권리라고 인정할 때, 그녀는 인간적인 의식에서 잘못되어 있는 자신을 느끼지 않겠습니까. 그녀가 내미는 비호를 그렇게 믿을 수 있겠습니까. 시여施與는 그렇게 무한한 것입니까. 그 배후에는 자연이 모르는 수렁의 책략이 숨어 있지 않습니까. 그리고 대체로 여성은 위험에 놓인 불안한 존재가 아니겠습니까. 여성도 한 인간이므로 언제 어느 때 마음이 고갈될지 모르고 갉아드는 비참에 빠지거나 그녀의 감미로운 숨결을 썩게 하고 그녀의 눈빛을 흐리게 하는 병에 걸릴지도 모르는데 어찌 약속 같은 것을 할 수 있겠습니까. 여성 존재의 이 이중성은 남성의 순수한 사랑으로 견뎌낼 수 있는 것이 아닌가 하고 저도 늘 상상했습니다. 그러나 남성은 고작해야 아직도 불완전한 사랑의 계획을 가지고 애인의 현실이나 사랑에 관여하고 있을 뿐입니다.

구애자로서의 남성은, 놀라워하면서 자기 자신을 이해하기 시작한 소녀 속에서 자연의 힘을 혹사하는가 하면, 획득하고 나서는 이윽고 그녀를 배반하고, 그리고 지금도 자신을 완전히 능가하는 당사자의 인간적인 취약성과 허약성을 한탄하는 최초의 사람이 됩니다. 여기에서 그의 사랑이 몹시 무위하다는 것을 알 수 있습니다. 남성의 사랑은 단 하루의 축제를 위한 호흡밖에 갖지 않았고, 하룻밤의 헤아릴 수 없는 선물을 위한 마음가짐밖에 갖지 않았습니다. 그렇습니다. 그의 사랑은 선물을 자기 자신 속에서 소진하고 남김없이 변형시켜서, 그것에 일종의 함묵緘黙을 부여하는 데 충분한 능률이 이제 없었던 것입니다. 그 함묵이 있어야만 사랑하는 두 사람 사이에 없어서는 안 될 순결이 회복되고, 그 순결이 없으면 두 사람은 도저히 오랫동안 함께 있을 수가 없습니다.

이렇게 여성과 비교해보면 남성의 애인이란 참으로 부당한 존재처럼 보입니다. 사랑에 대해 허세만 부릴 뿐 연애학의 기초 지식에서 한 걸음도 탈피하지 못하고, 애인이 그에게 비유와 운율을 마련해주는데도 영구히 초보 과정을 맴돌며, 시 전체가 완성되었다고 생각하고 있기 때문입니다. 그러나 만약 그렇다고 한다면 다른 의미에서는, 이 지나치는 사람, 지나쳐 가버린 사람─온 세계를 두루 돌아다니려고 했지만 하나의 마음 주위에는 결코 길을 완성시킬 수 없었던 이 눈먼 사람, 광분하는 사람의 숙명도 역시 심금을 울리는 것이 아니겠습니까.

이것은 당신이 지낼 밤 가운데 하나를 위해 말씀드립니다. 기묘하게도 편지에서 말씀하신 '견뎌낼 수 없는 깊이'를 가진 밤이야말로 우리 같은 사람이 열망하여 마지않는 것입니다.

물론 그 위험성을 인정하지 않는 것은 아니지만, 그러한 밤이야말로 내면적으로 가장 요구하는 바가 많은 밤일지도 모릅니다. 마음에서 가장 많은 것을 앗아 가는 밤일지도 모릅니다. 그러한 밤에서 탈출하려면 창작을 하는 것 말고는 다른 방도가 없기 때문입니다. 벌써 참으로 오랫동안 저는 외부나 내부의 형편이 좋지 않아서 그러한 밤을 맞이할 수 없었습니다. 당신의 조용하고 아름다운 고가古家가 저에게는 참으로 특권처럼 생각됩니다. 그리고 당신의 말에 따르면, 제가 보낸 단 한 통의 편지가 당신의 장엄하게 열려 있는 방들의 기대를 충족시킬 수 있었다고, 고향이 없는 저의 마음을 잠시 동안 크게 위로해줄 것입니다.

라이너 마리아 릴케

아무래도 이것은 편지라고 할 수 없을지 모르겠습니다. 그저 염려스러워 물어볼 뿐입니다. 9월 28일의 편지 말미를 보니, 무슨 대단한 불안과 변화가 있는 듯했기에, 오랫동안 소식이 없는 것은 여러 가지로 어려운 일이 일어났기 때문인지도 모른다는 억측을 하게 되었습니다. 약간은 안심할 수 있는 소식을 전해주셨으면 좋았을 것을 그랬습니다.

저 자신이 격조한 데 대해서는, 처음에 부탁드린 바와 같이 결코 냉담이나 망각이라고는 생각지 말아주십시오. 저는 오랫동안 편지를 쓸 펜을 잡는 것조차 소름이 끼칠 정도의 마비 상태에 있었습니다. 게다가 저는 또 환경의 변화나 영향에 몹시 지배당하기가 쉬워서 규칙적인 것은 도저히 지킬 수가 없습니다. 몹시 갈망하고 있습니다만, 저의 작업이나 정신 집중에 알맞은 모든 것이 함께 작용하는 적당하고 탐탁한 장소가 발견되면, 저도 이러한 점을 개선하고 더욱더 작업을 할 수 있는 듬직한 사람이 되겠습니다만, 당분간은 좀처럼 가능할 것 같지가 않습니다. 대전大戰의 결과, 발붙일 곳을 찾지 못하고 일시적인 처소를 옮겨 다니는 이 숙명은 언제 끝날지도 모르겠습니다. 저는 언제나 가지에 앉은 새와 같습니다. 더구나 그 가지는 시득시득하게 말라 있고, 조금도 편하지가 않습니다. 바로 당신의 그 마지막 편지가 도착했을 때 이미 저는 솔리오의 은신처에서 철수하지 않으면 안 되었습니다. 그 후로는 이리저리로 정처 없는 호텔 생활이 시작되었습니다만, 그런 생활 속에서는 편지 같은 것을 도저히 쓸 수가 없습니다. 호텔이라는 것은, 설령 일류라고 하는 호텔이라도 글을 쓰기에 적당한 장소는 아니며 고작해야 출장 중인 상인에게나 어울리는 장소라는 것이 하나의 이유이고, 또 하나의 이유는 이러한 생활에서는 언제나 개인적이고 구술적口述的인 관계에 휘말려서 모든 지출이 그쪽으로 새어 나가기 때문입니다. 게다가 다섯 주일 동안이나 일종의 흥행 여행에 나가 있었습니다만, 공개 강연의 목적으로 거리에서 거리로 끌려 다녔습니다. 상상하실 수 있겠지만, 직접적인 대화의 기회를 몇 갑절이나 더 늘리지 않을 수 없었습니다.

여러 가지 말씀을 드렸습니다만, 제 개인적인 문제로 당신을 괴롭히려는 것은 결코 아닙니다. 되도록 빨리 잊어주시기 바랍니다. 저는 그저 약간 변명을 하고 싶었을 뿐입니다. 제 격려의 말이 그렇게 동요가 심한 나날에 전달되었더라면 당신이 얼마나 기뻐했을까 하는 생각을 하지 않을 수 없습니다. 물론 그런 몇 주일간은 매우 활동적이고 결심이나 행동에 차 있어서 편지 같은 것이 끼어들 여지가 없었는지도 모릅니다만. 꼬마 아드님과 함께 어딘가에 처소를 구하셨는지요. 저는 혼자 곧잘 그 일을 생각합니다. 특히 크리스마스 무렵에는 몇 번이고 그 일을 생각했습니다. 당신은 그 무렵에 여학생들에 대한 것을 말미에 적으셨습니다. 그러나 당신이 무엇을 가르치고 있는가는 조금도 말씀하시지 않았습니다. 새 처소에서도 역시 순조롭게 가르치게 되었습니까. 기꺼이—아마도 그렇겠지요. 한적한 정든 집에서 나오는 것이 얼마나 괴로운 일이었는가를, 고향도 없고 집도 없는 슬픔을 뼈저리게 느끼고 있는 저는 잘 알 수 있습니다. 만약 제가 저 무서운 전쟁의 세월을 견디낼 힘을 가진, 제 성질에 맞는 사물의 비호 아래에서 지냈더라면, 그 세월의 양상이 얼마나 달랐겠습니까.

그렇습니다, 당신의 고귀한 편지에 있는 '물음'에 대한 것입니다만, 어디부터 시작하면 좋겠습니까. 거기에서 중요한 것은 언제까지나 '전체'입니다. 그러나 이 전체는 마음의 내부에

서는 때때로 행복이나 순수나 의지가 앙양昂揚된 순간에 총괄
될 수 있지만, 실제로는 갖가지 오류나 과실이나 결함, 인간끼
리의 악의나 당황이나 우울 때문에, 아니 날마다 우리를 엄습
하는 모든 것 때문에 방해를 받고 있습니다.

우리가 완전히 그리고 깊이 자기 자신의 것, 특유의 것이라
고 느끼는 사랑의 순간이 개개의 인간을 넘어서 완전히 미래
(미래의 아이)에 의해서, 그리고 다른 한편으로는 과거에 의해
서 규정되어 있을지도 모른다고 가정하는 것은 무서운 일입
니다. 그러나 그때에도 이 사랑의 순간에는 아직도 자기 자신
에게로 빠져나갈 길로서, 그 말로서는 다 할 수 없는 깊이가
남아 있을 것입니다. 이 사실을 믿는 것이 지극히 타당한 일
로 생각됩니다. 그것은 우리의 가장 깊은 황홀이라는 전혀 비
길 데 없는 존재가 시간적 지속이나 경과와는 완전히 무관계
하다는 경험과 일치하는 것 같습니다. 이 황홀은 사실 삶의 방
향과 수직으로 서 있습니다. 마치 죽음이 삶과 수직으로 서 있
듯이. 그것은 우리 생활력의 다른 모든 목표나 운동보다도 죽
음과 공통점이 있습니다. 오직 죽음의 입장에서만(죽음을 단순
한 사멸이라고 보지 않고, 우리를 완전히 능가하는 강한 힘이라고 생각
한다면), 사랑에 대해 공정한 태도를 취할 수 있다고 저는 생각
합니다. 그러나 여기에도 도처에 이들 숭고한 힘에 대한 인습
적인 견해가 있어서 우리를 방해하고 현혹케 하고 있습니다.

우리의 전통에는 이제 사람을 지도할 힘이 없습니다. 이제는 뿌리의 힘으로 부양되지 않는 말라버린 가지와 같은 존재입니다. 그리고 그 밖에 남성의 산만과 일탈逸脫과 조급성 등을 들 수 있고, 또 극히 드문 행복의 관계에 있어서만 많은 것을 주는 증여자라는 사실, 그리고 이처럼 서로 떨어져서 동요하고 있는 두 사람의 곁에서 어린아이가 언제나 다음에 올 자로서 이미 그들을 추월하고는 역시 마찬가지로 어찌할 바를 모르고 서 있다는 것 등을 생각한다면, 그때에는 사실 겸허하게, 우리는 상당히 어렵다는 것을 인정하지 않으면 안 됩니다.

우리 사이의 모든 일이 한 번씩 한 번씩 우정적으로 계속되도록 해주셨으면 합니다.

라이너 마리아 릴케

스위스, 취리히 주, 이르헬 강변의 베르크 성,
1921년 3월 7일

Schloß Berg am Irchel, Kanton Zürich, Schweiz,
am 7. März 1921

사소한 사실이 때로는 어마어마한 보증보다 많은 것을 증명
할 수 있다고 한다면, 다음 사실이 제 변함없는 관심의 증명이
되어주기를 바랍니다. 당신의 편지를 받자마자 저는 곧 제 주
소록을 펼쳐서 당신의 새 주소를 세심하게 적어 넣었습니다.
분명히 보장할 수 있습니다만, 저도 모르는 사이에 당신의 이
름을 정성 들여 적어 넣고 있었습니다. '완전히 조용해진 생활'
의 장소를 적어두는 기쁨을 어찌 손끝까지 느끼지 않을 수 있
겠습니까. 처음에 저는 당신의 아름다운 편지가 이해하기 쉽
지 않다는 말씀을 드리고 싶었습니다. 그러나 그렇게 말해서
는 정확하지가 않습니다. 오히려 이 이해를, 이 이해했음을 증
명하기가 어려운 것입니다. 왜냐하면 지금 당신이 체험에서

말하는 모든 것은 오직 당신만이 증명할 수 있을 뿐, 다른 아무리 세심한 사람일지라도 그것을 증명하려고 하면 벌써 글로는 표현할 수 없는 상태가 변화하는 어느 한순간에 당신을 고정시키는 위험에 빠지고, 이 새로운 처지를 모든 방향에 걸쳐서 본의와는 달리 당신에게 측량시키는 자유를 파괴하는 위험에 빠지기 때문입니다. 고독한 사람에 대해서라면 훨씬 더 글자대로 말을 해도 좋은 것입니다. 다른 사람의 견해는 말하자면 고독한 사람을 위해서 광막한 공간에 한계를 지어주는 것입니다. 그러지 않으면 그에게는 한없이 넓은 그 공간이 그와는 아무런 관계도 가질 수가 없을 것입니다. 그러나 행복한 상호작용 가운데 자신을 경험해가는 사람에게는 생활의 공간이 갖가지의 현실적인 사실로 가득 차 있습니다. 그는 어느 하나의 발견에 매달려 있어도 안 되고, 다음 발견을 위한 준비가 되어 있어도 안 된다고 생각됩니다. 그의 활동은 고독한 사람의 그것과는 정반대로 원심적이며, 그 속에 형성되는 중력은 헤아릴 수도 없는 것입니다.

이처럼 제 본래의 이해가 말로써 하기에는 적합하지 않다고 한다면, 당신이 새로운 경험을 말하는 한 마디 한 마디에서 느끼게 해주신 저의 특수한 기쁨을 당신에게 전하면서 당신을 방해하게 되더라도 저는 과히 심려하지 않겠습니다. 물론 당신을 받아들이게 된 그 무엇은 오게 되어 있었습니다. 그러나 그 실현이 이렇게도 관대하고 이렇게도 풍요한 것이 되어 나타난 지금, 당신은 그것을 필요로 했을 뿐만 아니라 가장 완전한 실현을 받아들일 가치가 있었다는 것이 분명해졌습니다. 아, 당신의 고독에 친숙한 모든 것과의 괴로운 단절이 부가되었던 그 당시, 지금은 쉽게 당신에게로 돌릴 수 있는 응석의 얼마간이라도 그 당시에 제가 자유로이 할 수 있었다면. 인간이란 행복한 운명이 소망을 들어주는 순간에 자기를 한층 깊게, 한층 진지하게 인식하는 수가 매우 드뭅니다. 그럴 때에 대부분 사람에게는 자기의 이전 고독의 성과가 우울한 오류처럼 보입니다. 그들은 행복의 현혹으로 몸을 던지고, 자기 내부의 진실의 윤곽을 망각하고 부정해버립니다. 그러나 당신의 **마음의** 준비는 더욱 철저한 것이었습니다. 당신은 거기서 인식한 것을 하나도 버리지 않았습니다. 그렇습니다, 당신의 고난과 거의 모든 통찰은 지금 분명히 빛나는 수납과 반영하는 증여의 위대한 광휘 속에, 그 한가운데에 옮겨져 있습니다. 그리고 바로 그렇기 때문에 비로소 당신의 행복은 그처럼 순수한 권리와 보증을, 그처럼 깊은 안전을 얻고 있습니다(그래서 당신은 그 행복 속에서 비로소 자기를 '파괴할 수 없는 것'으로 인정할 수 있었습니다). 그것은 당신이 다른 많은 사람에게는 너무나 과하다고 여겨졌을지 모를 혼수를 새로운 정화淨化 속으로 야무지고 성실하게 가지고 왔기 때문입니다.

이 커다란 기쁨과 함께 당신의 소식에서 갖가지의 부수적인 기쁨을 저는 느꼈습니다. 미하엘도 잠시 동안은 옛 정원이 없어서 섭섭했겠지만, 지금은 그 보상을 얻고서 얼마나 기뻐하겠습니까. 그리고 황급히 멀리로 지나가버린 계절을 뒤쫓으며 정원 가꾸기에 여념이 없는 나날이 당신들 모두에게는 얼마나 기쁘겠습니까.

저에 대한 이야기를 하자면, 저는 베르크라는 이 조그마한 고성古城에서 아무도 없이 혼자 살고 있습니다. 조용한 창문 앞에 정원과 분수가 있습니다. 이로써 제가 스위스에 온 후로, 마음속에서 작업을 다시 시작하기 위하여 갈망하던 은신처를 마침내 얻은 셈입니다. 그러나 작업은 이렇게 나무랄 데 없는 좋은 조건에서도 아직 요원하고 지지부진합니다.

·

라이너 마리아 릴케

스위스, 발레 주, 시에르 상부의 뮈조트 성,
1921년 12월 27일

Château de Muzot sur Sierre, Valais,
am 27. Dezember 1921

모르는 사이에 앙양된 크리스마스를 기다리는 심정을 시인하는 데 있어서 당신은 이번에 크게 기여했습니다. 비할 데 없는 사랑으로. 당신의 편지는 크리스마스이브에 도착했습니다. 그리고 그 편지의 가장 경탄할 만한 점은, 그 편지에 있는 모든 것이 이 독특한 고요에 싸인 시각에 완전히 어울리게, 전체로서 이 시각에 순수히 기여했다는 것입니다. 당신이 말씀하신 일체의 것이. 그렇습니다, (그 후로 곧잘 스스로 물어봅니다만) 그것이 얼마나 대단한 것인지 당신은 알고 계신지요. 그리고 당신은 작업과 우의의 이 세월이 나중에 (설령 생활이 어떠한 형태가 되든) 인간적인 것과 지상적인 것의 정화 속에 남으리라는 것을 십분 예감하고 계신지요. 아, 절대로 믿으십시오. 이것은 대단한 것입니다. 이것이야말로 한 인간에게 주어지는 최대의 것입니다─가장 확실히 파악할 수 있는 작업에 몰두하고 매달려 있다는 것, 동시에 애정 깊게 서로 이해하고 있는 뜻맞는 우정의 끊임없는 확증을 가진다는 것, 그리고 당신의 아드님이 잘 자라서 그 성장을 유희 속에 왕성하게 나타내며 그것을 아드님 자신의 확실한 계시로 삼고 있다는 것은 대단한 것입니다. 이것으로도 당신을 확신시키기에 부족하다면, 당신 눈의 정결로, 당신 마음가짐의 강함과 은총과 말로는 다 할 수 없는 올바름을 당신에게 증명해드리겠습니다. 당신은 도시都市의 무절제를 경험한 바로 옆에서 바이올린의 절도 있는 소리를 경험하지 않았습니까. 그리고 바로 그 후에 바다의 과잉을, 그리고 그 모든 것을 잠시 동안 인간계를 지나가는 천사가 체험하듯이 체험할 수 있었지 않습니까. 제가 각별히 여러 가지로 이 같은 말을 하는 것은 당신의 편지가 얼마나 크리스마스에 어울리는 것이었나를 알려드리기 위해서입니다. 왜냐하면 당신의 체험을 깊고 높이는 거울에 비추어 당신에게 보여드림으로써, 당신의 아름다운 소식에 대한 충분한 감사를 나타낼 수 있다고 생각하기 때문입니다. 거기에 쓰신 것을 '너무 개인적인 것'이라고는 말씀하지 마십시오. 그저 반걸음 정도만 더 나아가면 그것은 다시 가장 보편적인 것, 궁극적으로 타당한 것, 인생의 근본적인 것, 인생의 기본적 색조에 대한 충동이 되고, 그리고 마지막에는 이 모든 기본적 색조가 소멸해버린, 더없이 무한한 빛에 대한 충동이 될 것입니다.

몇 장의 작은 사진도 당신의 편지를 결코 '너무 개인적인 것'으로 몰지는 않을 것입니다. 그 사진 속에서 당신네 모두가, 아니 당신의 많은 꽃까지도 저를 바라보고 있는 것이 저는 매우 기뻤습니다. 그래서 저는 올바른 저의 모습을 보이려고 참으로 얌전하게 하고 있었습니다. 당신이 매달려 씨름하고 있는 그 토지는 순진한, 꽃처럼 온순한 저항으로 야곱의 투쟁 같은 것을 당신에게 주지는 않았습니까. 이 작은 사진을 곰곰이 들여다보고 있으면, 어딘가 아직 이주해 사는 사람도 띄엄띄엄한 지방의 광활한 토지가 머리에 떠오릅니다. 이러한 곳을 비교적 인구가 조밀한 바이마르 지방에서 어떻게 찾아낼 수 있었을까요. 지금 당신은 일상사 가운데 지금까지의 당신의 세 가지 요소, 곧 하늘과 수목과 경작된 대지의 본질을, 그 닫혀 있는 것과 열려 있는 것의 힘을 경험하고 있습니다. 그러나 내면세계를 위해서 이제는 바다의 제4차원도 당신이 경험할 수 있게 되었다는 것, 이것이 교묘하다 할 수 있는 존재의 균형을 낳는 것이 아닐까요.

이것으로 당신도 당신의 편지가 어떠한 기쁨을, 얼마나 동감적인 감동을 불러일으켰는가를 알 수 있을 것입니다. 그리고 저의 편지가 **그것**을 당신의 의식으로 되돌려줌으로써, 이 편지가 언제나 크리스마스와 연호의 경신 사이에 형성되는 것으로 보이는 새해의 자그마한, 어떻든 비어 있는 대기실에 속하는 것도 부당하지는 않으리라고 생각합니다. 당신을 이렇게 이해한다는 것은 벌써 이렇게 바란다는 것이 아니겠습니까. 그렇지 않습니까. 여담입니다만, 저는 지금 제 서재에서 어렴풋이 꿈꾸는 듯 겨울을 지내고 있는 검게 얼룩진 빨간 '행운의 투구벌레' 한 마리를 편지지 위에 올려놓고 있습니다.

마지막으로 저에 대한 말씀을 드리겠습니다. 제 주소가 바뀐 것을 아시겠지요. 5월에, 겨울 동안 저를 따스하게 지켜주었던 정든 베르크 성을 떠나지 않으면 안 되게 되었습니다. 저는 또다시 불안한 마음으로 심한 미지수와 직면하게 되었습니다. 베르크에서 완성할 생각이었던 작업이 아직 반걸음도 진척되지 않았기 때문입니다. 그래서 여름 한철이, 다가올 겨울 준비가 막연한 가운데 아주 괴롭게 안달하는 동안 지나가고 말았습니다. 이번 겨울도 베르크 때와 똑같이 조용하고, 고독하고, 그리고 작업을 보호해줄 환경을 얻을 수 있었으면 합니다. **어떻게** 그런 환경을 찾아낼 수 있겠습니까. (당신의 말처럼) '세계가 불타고 있다'는데. 한때는 스위스를 떠나지 않으면 안 될 듯했습니다. 그렇게 되면 안주의 땅을 갖지 못한 제 처지가 그대로 제게 안겨졌을 것입니다. 스위스 밖으로 나와버리면 '어디로'라는 불안한 생각이 제게서 무시무시한 기만을 더욱

더 요구했을 것이기 때문입니다. 나 자신과 완전히 헤어져버리자는 오직 그 생각만으로 저는 발레로, 이 광대한 (관념상으로는 벌써 거의 스위스라고는 할 수 없는) 주州로 떠나왔습니다. 이곳은 제가 한 해 전에 처음 발견했을 때, 최초로 저 사라졌던 광대한 세계를 다시 불러일으켜준 곳입니다. 그 거대하고 동시에 말할 수 없이 우아한 풍경은 프로방스를, 아니 그뿐만 아니라 스페인의 어떤 풍물을 몹시 생각나게 했습니다……. 이곳에서 아주 우연히도 저는 몇 세기 동안이나 줄곧 사람이 산 적이 없는 작은 성을 하나 발견했습니다. 그때부터 마침내 이 견고한 고탑古塔을 얻어서 들어가 살기 위한 긴 투쟁이 계속되었습니다. 이 투쟁은 (아직 얼마 되지 않았습니다만) 그럭저럭 승리라고 해도 좋은 것으로 끝났습니다. 말하자면 제가 실지로 거기 들어가서 살며 월동을 할 수 있게 되었다는 뜻입니다. 뮈조트를 '길들이는 것'은 보통 일이 아니었습니다. 그리고 스위스에 있는 한 친구의 도움이 없었더라면, 이것을 정복하는 데 있어서 실제적으로 타개하기 어려운 여러 장애에 부딪혀 또다시 좌절해버렸을 것입니다. 보시는 바와 같이 저의 가택은 (물론 저는 가정부 한 사람을 쓰고 있을 뿐 완전히 혼자 살고 있는데) 당신의 가택보다 크지가 않습니다. 이 작은 사진은 물론 지금의 상태 그대로가 아닙니다. 이 사진을 찍은 것은 아마도 1900년 이전일 것입니다. 요즘에 주인이 바뀌어서 이 작은 옛 성은 근본적인 수리를 받았습니다만, 다행히도 그 때문에 모양이 변경된 곳은 별로 많지 않고 파손된 곳도 하나 없습니다. 실지로는 점점 더해가는 쇠퇴를 막는 데 그쳤을 뿐입니다. 그리고 조그마한 정원이 하나 늘었습니다. 이것은 상당한 정취를 가지고 벽 주위에 퍼져서 정착해 있습니다. 제가 가장 놀라고 또 기쁘게 생각한 것은, 성의 내부에서 1656년에 만든 이 지방 특유의 납석 난로를 발견한 일입니다. 그리고 같은 시대의 들보 천장뿐만 아니라, 조각의 양식으로 보아 모두가 17세기의 영광된 날짜를 나타내는, 세공이 아주 훌륭한, 아름답게 시대의 때가 묻은 탁자와 궤짝과 의자 등을 발견한 일입니다. 이것은 (저는 어릴 때부터 그랬습니다만, 사물이 세월을 견뎌내어 시대에서 시대로 전래되어 가는 것을 굳게 마음에 새기고서 소중하게 여기는 저 같은 사람에게는) 아무튼 대단한 것이라고 생각됩니다. 그러나 그것도 이 광대한 론 계곡의 환경 때문에 아량 있는 과잉물이 되고 맙니다. 이 론 계곡에는 언덕이 있고, 산이 있고, 성채가 있고, 예배당이 있고, 그리고 적당한 장소에 띄엄띄엄 느낌표처럼 근사한 백양나무가 우뚝 서 있고, 비단 리본처럼 부드럽게 물결치며 포도 산의 기슭을 감도는 길이 있습니다. 어릴 때 그것을 보다가 처음으로 세계의 광대함과 개방성을 느끼고, 그 세계로 나아가고 싶다는 욕망에 사로잡혔던 저 풍경화를 생생하게 떠오르게 합니다.

만약 당신이 여기에 선다면(방금 저는 이렇게 생각했습니다), 이 모든 풍경이 얼마나 아름답게, 있는 그대로의 모습대로 당신의 눈에 비치겠습니까.

　　이것을 당신에게 보내는 인사로 삼겠습니다.

　　　　　　　　　　　　　　　　　　　　　라이너 마리아 릴케

스위스, 발레 주, 시에르 상부의 뮈조트 성,
1922년 5월 19일

Château de Muzot sur Sierre(Valais), Schweiz,
am 19. Mai 1922

아름답고 마음의 소리를 그대로 들려주는 당신의 편지, 그
것을 받은 것은 4월이었습니다. 그러나 끝맺음에서 그 편지
를 '우정으로' 받아달라고 하셨기에, 편지가 직접 제 마음에 닿
아 오는 데 비해 당신 자신은 훨씬 뒤에 처진 감이 있었습니
다. '기쁨으로'라고 하는 편이 더 적절했을 것입니다. 그리고
이 '기쁨으로'라고 하는 말도 아주 크게 썼어야 했을 것입니다.
얼마나 좋은 소식이었는지를 당신은 정말로 **알고** 계신지요. 당
신이 말하고 있는 것이 얼마나 좋은 것인가를. 때때로 당신은
사실의 순수하고 견고한 금속물에 부딪히는 것을 느끼시겠지
만, 당신이 그처럼 성실하고 견실하게 그것에 닿을 때, 여기에
있는 제게 그 소리가, 종소리가 들립니다. 그리고 넓고 자유로

운 공간에 퍼져 나가는 것을 경험합니다.

당신의 힘들고 가차 없는 겨울 한철은 딱딱하고 무슨 얼어
붙은 환희 같은 것이었을 것입니다. 그러나 순수하고 강렬한
미래의 이 덩어리도 지금은 녹아서 (바라건대) 봄 속으로 도도
하게 촬촬 흘러 들어가고 있을 것입니다. 지금 우리의 정원은
서로 인사를 나누게 되었습니다. 제 정원에 (물론 저는 실습해본
적도, 경험도 없고 다루는 법도 모르기 때문에 제가 직접 돌보는 일은 거
의 없습니다만) 백 그루 이상의 장미를 이식했습니다. 제가 돌보
는 일이라곤 매일 저녁에 물을 뿌려주는 정도뿐입니다만, 별
로 변화를 줄 수 있는 것이 못 됩니다. 공평하게 해주는 것이
고작입니다. 그러나 어떤 경우에도 뉘앙스가 중요하므로 주의
깊고도 사려 깊게 손질을 한다면, 역시나 조용히 뿌려주는 물
과 함께 무슨 독자적인 것이 옮아가서, 그것을 한없이 받아들
이는 성장 속으로 겸허히 흘러 들어갈 것입니다.

저를 놀라게 하고 또 늘 생각하게 하는 것은, 매우 괴로운
상태이면서도 그토록 의젓하게 토지에 진력하고 있는 그 굳세
고 듬직한 당신의 힘입니다. 저는 밭일에 미숙하고, 처치의 경
제도 모릅니다. 때로는 해보기도 합니다만, 조급하기가 일쑤
입니다. 그런데 밭일에 있어서 조급함만큼 모순된 일은 없습
니다. 그러나 정신적인 작업에서 그러한 손의 작업으로 이행
한다는 것은 그야말로 기쁨과 신성감을 줍니다. 쌍방에 생업

이, 확실성과 경험과 태도가, 한마디로 말해서 능력이 있다면, 한쪽이 다른 한쪽에서 어떻게 배우고 이익을 거둘 수가 있겠습니까. 아마도 저는 마음의 동산바치(원예사—옮긴이)일에 만족하고 다른 동산바치 일을 지켜보아야, 될 수 있는 대로 깊이 마치 당신의 꽃이나 편지를 (이 두 가지는 모두 같은 신념에서 비롯되었습니다) 지켜보듯이 지켜보아야 할 것입니다.

이번 겨울 동안 제 마음의 동산바치 일은 찬란했습니다. 저의 깊이 경작된 땅의 갑자기 회복된 의식은 정신의 위대한 계절과 오랫동안 몰랐던 마음의 빛의 힘을 가져다주었습니다. 제가 무엇보다도 애착을 가진 (1912년에 커다란 고독 속에서 시작되어 1914년 이후 거의 완전히 중단되었던) 작품에 다시 착수하여, 한없는 힘으로 완성할 수 있었습니다. 그와 동시에 지류라고 할 수 있는 자그마한 작업이 거의 저절로 진행되었습니다. '오르포이스에게 바치는 소네트'라고 명명된 쉰 줄이 넘는 소네트로서, 요절한 어느 소녀의 묘비명으로 쓰인 것입니다(그중에서 일곱 줄을 작은 수첩에 적어 넣었습니다. 그것을 동봉합니다). 만약 이 발췌의 양이 좀 더 많다거나 다른 커다란 주요 작품을 보여드릴 수 있다면, 우리의 겨울 수확이 많은 점에서 얼마나 서로 닮아 있는가를 당신은 알 수 있을 것입니다. 당신은 내면적 존재가 어느 순간에나 이미 충족되고, 이미 넘칠 만큼 풍요한 것이 되어 있다고 적어 보냈습니다. 그리고 (바로 주시하고만 있으면) 후에 생길지도 모르는 모든 결핍이나 손실을 능가하는, 말하자면 부정하는 소유에 대해서 적어 보냈습니다. 제가 긴 이번 겨울을 작업에 깊이 잠겨 있는 동안 지금까지 알고 있었던 것보다 더 많이, 더 확실히 경험한 것은 바로 이것이었습니다. 즉 삶은 과대한 부 $_{\hat{a}}$ 를 가지고 나중에 올 빈곤화를 벌써 앞질러 있다는 것입니다. 그러므로 이제 두려울 것이 또 무엇이 있겠습니까. 있다고 해도 그저 이 일을 잊어버리는 것이 고작일 것입니다. 그러나 우리 주위에, 또 내부에 이것을 다시 생각나게 하는 것이 얼마나 많습니까.

라이너 마리아 릴케

스위스, 발레 주, 시에르 상부의 뮈조트 성,
1923년 2월 2일

Château de Muzot sur Sierre(Valais), Schweiz,
am 2. Februar 1923

당신을 그처럼 괴롭히고 있는 것 같은 불안과 말할 수 없는
초조감이 저를 점점 침묵하게 하고 있습니다. 전전번에 받은
당신의 감동적인 편지에 답장을 쓰려고 몇 번이나 손을 댔는
지 모릅니다. 그리고 더 좋은, 더 행복한 시간에 쓰려고 몇 번
이나 미루어왔는지 모릅니다. 그 (커다란 네 잎 클로버가 들어 있
는) 편지를 제가 얼마나 진심으로 받아들였는가를 당신이 충
분히 이해할 수 있도록 하기 위해서. 그러나 여름은 수많은 불
안에 싸이게 되었습니다. 가을에는 더욱 심했습니다. 그리고
이제 이 고탑에 외로이 앉아서, 이번 겨울을 좋았던 지난겨울
과 되도록 비슷하게 하려고 해봅니다만, 여기에도 역시 그 나
름의 어려움이 있습니다. 건강이 그렇게 순조롭지 못한 탓도

젊은 여인에게 보내는 편지

있고, 또한 다시금 점점 험악해가는 일반 정세가 (바로 전쟁 때와 마찬가지로) 우리가 시작하는 모든 일에 배분하는 철저한 장애 때문이기도 합니다. 이것에 관해서는 당신이 쓴 문장 가운데 많은 것을 그대로 제 자신의 것으로 해도 좋습니다. 이를테면 "낮에는 제 사념의 반이 이미 제 것이 아니고 밤에는 열병 같은 환상만을 보고 있습니다"라는 구절이라든가 그 밖의 문장……. 제 경우와 꼭 같기 때문입니다. 무슨 일이 일어나고 있을까요. 그리고 이 일어난 일 속에서 우리는 대체 무엇일까요. 그것은 역시 전쟁 당시와 마찬가지로 추근추근하게 덮쳐오지만, 우리와는 거의 관계가 없는 일입니다. 연고도 없는 불행에 언 걸 먹고 있는 것과 같습니다. 단숨에 이것을 뛰어넘을 수 있을 것 같은 생각이 곧잘 들지 않습니까. 또한 여름철 초원을 걸어갈 때 발밑에 피어 있는 자그마한 꽃에 닿으면 대답처럼 향기가 피어오르듯이, 마음속의 어떤 보이지 않는 위안, 억눌려 있던 충일 속에서처럼 곧 주어지는 위안과 마주치게 되는 수도 곧잘 있을 것입니다……. 당신의 편지 자체가 이러한 놀라움, 이러한 청순한 마음의 향기에 가득 차 있습니다. 이것은 철저한 가난을 뚫고 나온 자만이 알 수 있는 것입니다.

무엇을 보든 그것을 제 나름대로 제 성향대로 경험하지 않을 수 없는 저로서는, 그 자신은 모르고 있지만 세계의 앞길을 가로막고 있는 것은 독일이라는 데 조금도 의심을 가지지 않습니다. 제 피의 다양한 구성과 폭넓은 교육이 이 사실을 통찰하는 독특한 거리를 저에게 주었던 것입니다. 독일은 1918년 붕괴의 순간에 심심한 성실성과 개전의 행동으로 모든 자를, 온 세계를 무색케 하고 감동시킬 수도 있었을 것입니다. 독일 자신의 그릇된 발전에 의한 번영을 분명하게 결연히 포기했더라면, 한마디로 말해서 한없이 독일 **자신의** 본질인 겸허한 마음을, 독일의 존엄성의 한 요소인 겸허한 마음을, 독일에 과해진 이질적인 모든 굴욕을 앞질러 막아낼 수 있었던 저 겸허한 마음을 독일이 가지고 있었다면 말입니다. 그 당시에 (잠시 동안 저는 이렇게 바란 적이 있습니다) 기묘하게 편협하고 완고해져 버린 독일의 얼굴에, 알브레히트 뒤러Albrecht Dürer의 소묘에서 그렇게도 구성적인 인상을 주고 있는 저 겸허한 마음의 없어져버린 선이 다시 새겨지고 그려져야 한다고. 아마도 이러한 것을 느끼고, 이러한 시정을 바라며 확신하던 사람도 몇몇은 있었을 것입니다. 이 시정이 행해지지 **아니한** 결과가 지금 나타나기 시작하고 그 보복이 지금 오기 시작하고 있습니다. 모든 것을 절도로 옮길 그 무엇이 결여되어 있었던 것입니다. 독일은 가장 순수하고도 우수한, 가장 오랜 기초 위에 회복된 절도를 주는 것을 게을리한 것입니다. 독일은 근본적으로 개혁되지 않았고 재고되지 않았습니다. 독일은 가장 내면적인 겸허한 마음에 뿌리를 펴고 있는 저 존엄성을 창조하지 못했습니다. 다만 피상적이고, 성급하고, 의심쩍고 탐욕적인 의미에서의 구조救助만을 생각했던 것입니다. 독일은 은밀한 성질에 따라 견디어내고 극복함으로써 자신의 기적에 대처하여 준비하는 대신, 행동에 옮겨서 번영하고 발전하려고 했습니다. 독일은 자신을 개혁하는 대신 보수를 고집하려 했습니다. 그래서 지금에야 느끼는 것입니다…… 무엇인가 결여되어 있다고. 발판이 되었어야 할 날짜가 결여되어 있는 것입니다. 사닥다리에서 디딤판 하나가 결여되어 있는 것입니다. 그러므로 말로는 다 할 수 없는 근심, 불안, '별안간에 무서운 타락이 올지도 모른다는 예감'이 있는 것입니다……. 어떻게 해야 되겠습니까. 우리는 저마다 우리의 **아직도** 조용한, 아직도 믿을 만한 작은 인생의 섬에 발판을 구축하여 거기에서 자기가 할 일을 하고 괴로워하며 자신의 괴로움을 통절히 느낄 수밖에 없지 않겠습니까. 제 섬이라고 해서 당신의 섬보다 더 확실한 것도, 더 안전한 것도 아닙니다. 당신이 소작인이라면, 저는 과객過客에 불과합니다. 그런데 당신의 차용 기간이 정말 가을로 끝납니까. 3년 동안이나 지주를 위해서 그의 땅을 잘 가꾸어놓았는데도. 그의 생각을 돌이킬 여지는 전혀 없습니까. 이제 와서 그 같은 땅을 다른 곳에서 찾아내기란 얼마나 어려운 일인가 저도 짐작을 할 수 있습니다. 아르헨티나로 가신다는 것도, 정이 들고 어떻든 마음이 통하는 토지와 접하고 싶어 하는 당신의 심정이나 희망에는 별로 부응할 것 같지 않습니다. 게다가 설령 그곳으로 가신다 해도, 이제는 옛날처럼 용기와 힘을 낼 수 있을 만한 상태도 아니고요……

 그러나 당신의 바이마르 시절을 살펴보면 역시 수확이, 참으로 풍성하고 큰 수확이 있습니다. 이 수확은 그야말로 확실한 것이기 때문에, 당신이 편지의 석 장째 문면에 선을 그어 총계를 암시적으로 제시하는 것을 생각지 않았다 하더라도, 저는 당신의 편지 행간에서 (아무리 걱정스러운 것에서라도) 그것을 읽어가는 동안에, 마치 과수원의 격자 울타리 사이에서 맛있고 싱싱한 과일을 집어내듯이 그 풍성한 수확을 읽을 수 있었을 것입니다.

 이러한 것을 생각하면, 저는 언제까지나 변함없이 당신의 행운을 기대할 수가 있습니다. 제가 당신에게 그 행운이 깃들기를 바라고는 있습니다만, 당신은 이미 그 행운을 사랑하는 깊은 힘을 가질 수 있게 되었습니다.

라이너 마리아 릴케

스위스, 발레 주, 시에르 상부의 뮈조트 성,
1924년 1월 27일(일요일)

Château de Muzot sur Sierre(Valais), Schweiz,
am 27. Januar 1924(Sonntag)

그러니까 우리는 서로 상대의 침묵을 걱정하면서 지켜보고 있는 셈이군요. 제가 맨 먼저 한 일은 당신의 편지를 뒤집어 보는 것이었습니다. 그리고 전번 그대로의 주소를 발견하고 하마터면 저는 제 걱정이 부질없는 것이었다고 생각할 뻔했습니다. 그러나 역시 그렇지가 못했습니다. 그렇습니다, 당신의 편지는 당신의 만사가 얼마나 어려워졌는지를 보여주었습니다. 저는 당신의 편지에 쓰인 대로의 사정이라고는 당장에 이해할 수가 없었습니다. 그러나 저에게 이해심이 결여되었기 때문은 아닙니다. 저는 당신이 어찌할 바 모르고 있다는 것도, 당신이 지쳐 있다는 것도, 당신 마음속의 저 깊고 순수한 환멸도 잘 알고 있습니다. 그토록 오랫동안 진정한 노력을 기울여왔는데도, 조금도 수확에 둘러싸이지 않는다는 환멸 말입니다. 저도 말할 수 있는 이상으로, 땅에 대한 이 같은 성실한 격투는 보람이 있을 것이라고 당신과 함께 믿어왔습니다……. 아니, 저의 심정을 엄밀히 따져보면, 저의 이 신념은 아직 포기되지 않고 있습니다. 잘 생각해볼 여유가 없으실는지요. 당신은 아주 성급한 계획이 잇따라 떠오른다고 하셨습니다. 계획을 너무 많이 세운 것이 아닌지요. 아직도 생각해볼 만한 계획이, 그렇게 먼 곳으로 떠나기 전에 좀 더 세밀하게 생각해볼 만한 계획이 있지 않을는지요. 당신이 말씀하는 것으로 미루어보건대, 당신의 지금 심정은 커다란 결심을 하기에는 아무래도 적합하지 않은 상태인 것 같습니다. 지금으로서는 아직 아무 일도 결정하지 마시고, 만사에 진력을 다하도록 권하고 싶습니다. 아무런 성과도 없었던 것처럼 만사를 처음부터 새로 하지 않으면 안 된다 하더라도, 당신은 꼭 휴가를 얻어서 숨을 돌리고 곤경 사이사이에 아무리 적더라도 근심이 없는 기간을 가질 필요가 있습니다. 그리고 새로운 땅에서 새로 시작한다 해도, 그것이 왜 꼭 새로운 대륙이어야만 합니까. 당신이 독일에서 계속할 수 있는 땅을 어디에서도 찾아내지 못했습니까. 그러나 당신이 그렇다고 단언하고 있는 지금, 이렇게 묻는 것은 물론 의미가 없는 일입니다. 다만, 당신이 '성급한'이란 말을 쓴 이상, 친구인 제가 그러한 전기에 있어서 성급함은 손실의 근원이 된다는 것을 어찌 상기시키지 않을 수 있겠습니까. 그리고 당신이 지금 '고요와 신뢰할 수 있는 것'을 얻고 싶다고 하는 심정을 어찌 진심으로 이해하지 않을 수 있겠습니까……. 이제는 모든 잡담 속에 이러한 영향력을 미칠 여지를 남길 수 없게 된 나라들도 있는 것 같습니다. 우리 하나하나에게 언제나 분명해지는 것입니다만, 방해당하는 일이 보다 적은 세계에서라면, 무엇인가 마음 상태의 평형을 회복하기 위하여 **섭리**되었으리라고 생각되는데, **그것**이 나타나지 않는 것입니다. **섭리**가 결여되어 있는 것입니다. 대개 우리가 한 가지 일을 끝냈을 때 얻어지는 그것입니다. '유희'가 결여되어 있습니다. 부지중에 그쪽으로 걸어간 우리의 발밑에 가능성, 전환, 결정을 밀어 넣어주는 저 놀랄 만큼 순진한 유희가 결여되어 있습니다……. 하나의 물음이 (때로는 우리가 거의 모르고 있는) 우리 내부에서 성장하자마자, 운명 속에서 나오는 저 차분한 대답이 결여되어 있습니다. 저는 그 당연한 보수가 주어지지 않아서 고경苦境에 빠져 있는 사람을 실지로 몇몇 알고 있습니다. 탐욕과 절망 때문에 안정을 잃은 자만이 앞으로 돌진하는 걸음이 방해당하지 않는 것을 의심하지 않습니다. 그들은 마음의 귀착점을 모르는 것입니다. 저는 이 순간 완전히 당신과 함께 있습니다. 저는 당신이 해내야 할 일을 이해하려고 노력하고 있습니다. 당신의 마음속으로 들어가는 것도 어렵지가 않습니다. 그러나 당신에게 권할 수 있는 아무런 묘안도 없습니다. 당신에게 부당한 일이 행해졌다는 것은 알 수 있습니다. 그러나 전쟁 이후, 기묘하게도 부당한 일이 어디고 간에 침입해왔습니다. 그것을 막아내려면 마음의 마지막 거점밖에 없습니다. 거기에서는 당신도 최근 몇 년 동안 심하게 일을 해왔기 때문에 무슨 공격을 받더라도 꿈쩍하지 않을 만큼 굳센 태도를 취할 수 있을 것입니다. 지금 당장에 그것을 증명할 수 없다 해서 주저해서는 안 됩니다. 피로와 환멸과 영속적인 불안이 당신에게서 자기 자신을 지배하는 힘을 앗아 간 것입니다. 그래서 당신은 모든 친밀한 것에서 버림받은 듯 느끼는 것입니다.

당신에게 비가悲歌를 보내드리려다가 몇 번이나 그만두었습니다. 허물 마십시오……. 당신의 마음이 다른 곳으로 쏠릴까 염려되었습니다. 그리고 당신에게 길고, 때로는 괴롭기도 한 독서를 권할 시기가 아니라고 생각했던 것입니다. 게다가 저 자신도 여전히 계속되는 잔병 때문에 만사가 뜻대로 되지 않았습니다. 최근에도 잔병이 심해져서 (여름에도 그랬습니다만) 의사의 치료를 받고 겨우 일주일 전에 해방되었습니다. 스물세 살 때부터 실로 많은 나라에서, 그리고 갖가지 사정 가운데 저는 언제나 신체의 모든 장애를 이럭저럭 혼자서 해결해왔습니다. 그리고 저와 제 육체의 결합은 전체적으로 실로 정확한 것이 되어 있어서, 지금은 의사도 일체가 되어 친숙해진 우리의 조직 속에 박히는 쐐기처럼 보일 정도입니다. 거들어주는 침입자라 할 수 있겠습니다. 그렇기는 하지만, 저는 운 좋게, 얼마 안 가서 친구에게 말하는 기분으로 말을 건넬 수 있는 구제를 만나게 되었습니다. 우리는 되도록 의약의 도움을 얻지 않고, 수십 년 동안 제게 호의를 보여주고 있는 자연에는 그 동요기에 처하여 그저 가벼운 지원만을 해주기로 의견의 일치를 보았습니다. 그 동요를 극복하고 자연은 분명히 하나의 새로운 평형에 이르려고 하고 있는 것입니다. 저는 육체와 정신과 영혼 사이에 엄밀한 한계선을 그은 적이 결코 없습니다. 그것은 서로가 봉사하고 또 영향을 끼쳐온 것입니다. 그 하나하나가 제게는 꼭 같이 훌륭하고 귀중합니다……. 그러므로 저로서는 쇠약해가는 병약한 육체에 어떤 정신적 요소를 우월적으로 대립시키는 것만큼 정이 안 들고 낯선 것이었습니다. 그러한 태도에 대한 혐오와 무능력으로 하여 아무래도 저는 다른 사람 이상으로 육체적인 장애에 영향을 받는 것입니다. 제가 달성한 모든 것, 아니 모든 깊은 인식은 저를 형성하고 있는 모든 요소가 일치한 환희에서, 그 조화에서 생겨난 것입니다.

　이제 그만 줄이겠습니다. 이런 것을 너무 말씀드리고 싶지 않습니다. 제 주위에 누가 있다는 것을 병자로서 도저히 견디어낼 수 있을 것 같지가 않습니다. 어딘가로 기어 들어가서 몸을 숨기고 싶다는 완전히 동물적인 소망이 지금 저의 모든 행동을 규정하고 있습니다. 그럼에도 불구하고 오늘은 (예외적으로) 이 편지를 이렇게 상세히 쓰고 말았습니다. 만약에 보다 짧고 그저 암시적이기만 한 편지를 썼다면, 이 편지에서 당신에게 전하고 싶었던 저의 친근감이 산산이 조각날 것이라고 생각했기 때문입니다.

그러나 이 괴로운 나날에 당신의 가슴속에 떠오르는 생각, 소망, 그리고 두려움을 모두 적어서 보내주십시오. 그때마다 회답을 드릴 수 있다고는 약속할 수 없습니다만(제가 부재중이라든가 혹은 하릴없이 지내는 사이에 얼마나 많은 일과 편지가 쌓였는지 상상하실 수 있을 것입니다). 그러나 그쪽 사정은 알게 될 것입니다. 그리고 제가 그것을 알면 알수록, 제 말은 보다 더 본질적이고 보다 더 절실해질 것입니다. 그것이 때때로 어떤 간격을 두고 당신에게 닿는다 하더라도.

라이너 마리아 릴케

스위스, 발레 주, 시에르 상부의 뮈조트 성,
1924년 2월 11일

Château de Muzot sur Sierre(Valais), Schweiz,
am 11. Februar 1924

　전전번에 보내주신 편지를 받아본 다음에, 조그마한 즐거운
거울만을 사방에 걸어두고, 그 사이에 떠오른 빛을 온통 받고
있는 이번의 새 편지가 닿은 것을 보니, 저에게도 커다란 기적
이 나타났다고 생각하지 않을 수 없습니다. 이 빛이 새로운 하
늘에 꼭 맞게 끼워져 있는 것 같아서, 저는 그 운행에 대해서,
그리고 높이 드맑은 세계로 상승하는 것에 대해서 신경을 쓸
필요가 거의 없을 것 같습니다. 그러나 저는 매일같이 당신의
일을 생각하고 있습니다. 당신이 그 빛의 영향을 올바르게 받
고, 새로운 하늘의 인도를 정확히 따라갈 수 있는 힘을 가졌으
면 하고 있습니다. 그리고 그 외에, 언제나 어떤 운명의 형태를
받아들이려고 한다든가, 혹은 어떤 완성된 미래의 갑자기 열

린 형식 속으로 흘러 들어가려는 유동적인 마음가짐을 당신이 느낀다 하더라도, 그것을 너무 비굴하다고는 생각하지 마십시오. 이 복종의 극단적인 가능성 배후에는 절실하고, 내향적이면서도 대담한 굴복의 **상수**常數가 있다는 것을 차츰 느끼지 않습니까. 그리고 하나의 형식을 충족시키려는 이 대담한 행위가 바로 인생이 아니라면 인생이란 도대체 무엇이겠습니까. 그러나 이 형식도 언젠가는 그 사람의 어깨에 의하여 파괴되고, 사람은 자유로이 새로운 변신을 하면서, 마법의 힘으로 같은 세계에 인도된 모든 존재와 친숙해지는 것입니다.

그처럼 순박하고 가치 있는 일을 하신 후 겸허하게, 그리고 동시에 어떤 의미에서 인정을 받는다는 순수한 기대를 가지고 서 있는 당신에게, 그릇된 것이 말을 건넬 수도 닿을 수도 없었다고 저는 생각합니다……. 소리 지른 목소리는 분명히 신뢰감에 상응합니다. 당신의 고귀한 경청에, 환희에 상응하는 것입니다.

라이너 마리아 릴케

근대 언어예술의 거장

I. 릴케의 생애와 문학

라이너 마리아 릴케Rainer Maria Rilke는 1875년 12월 4일에 프라하에서 태어났다. 당시 프라하는 독일령 뵈멘(보헤미아)의 수도였다. 아버지는 요셉 릴케, 어머니는 소피 혹은 소피아라고 했다. 아버지는 군인이었으나 병으로 퇴역한 후 철도 회사에 근무하며 일생을 보낸 수수한 성품이었다. 어머니는 제국 평의원帝國評議員이라는 직함을 가진 엔츠 가家 출신으로 사치스럽고 향락적인 사람이었다. 릴케는 아버지의 수수한 성품을 사랑하고 어머니의 경박한 성격을 미워했다. 그의 부모는 성격의 본질적인 차이 때문에 1884년에 이혼했다. 릴케가 아홉살 되던 해이다. 그는 일곱 달 만에 태어났으므로 원래 연약한 체질이었다. 그러나 아버지의 뜻에 따라 열한 살이던 1886년 9월 장크트 푈텐의 육군유년학교에 입학했다. 1890년 9월에 메리시 바이스키르헨의 육군사관학교로 진학했으나, 이듬해 6월에 퇴학했다. 군사학교의 집단적이고 획일적인 교육이 릴케의 성격에 전혀 맞지 않았기 때문이다. 군사학교를 퇴학한 그해 9월에 도나우 강변에 있는 린츠의 상업전문학교에 입학했으나, 연애 사건으로 이듬해 5월에 퇴학당하고 말았다. 그의 문필 활동은 이 무렵부터 시작되었다. 그 후 백부의 도움으로 고등학교 과정을 개인 교습으로 마치고, 1895년에 프라하 대학에 입학을 할 수 있었다. 여기에서 미술사, 문학사, 역사, 철학 등의 강의를 들었다.

1894년에 처녀 시집 《인생과 노래》를 출간했다. 오스트리아 포병 장교의 딸 발레리 폰 다비트 론펠트와의 연애 과정에서 나온 시편들이다. 그녀는 릴케보다 나이가 많았으며 예술가적이고 첨단적尖端的인 여성이었다. 릴케는 이내 그녀의 매력에 사로잡혀 많은 시를 바쳤다. 구절마다 아름다운 사랑의 말로 메워진 연애시이다. 이후 릴케는 이들 시편을 몹시 부끄럽게 여기고, 어느 작품집에도 다시는 수록하지 않았다.

1896년 9월에 뮌헨으로 옮겨 가서 뮌헨 대학에 적籍을 두었다. 당시 뮌헨은 남부 독일 문단의 중심지였다. 그는 처음으로 대도시의 공기에 젖었고, 문단과도 접촉할 수 있었다. 숄츠와

작품 해설

바서만을 알게 되고, 데틀레프 폰 릴리엔크론이나 리하르트 데멜 같은 선배 시인도 알게 되었다. 이해에 두 번째 시집《가신에게 바치는 제물들》과 시문집詩文集《베에크바르텐》등이 나왔다.

릴케는 1897년 5월 뮌헨에서 그의 생애에 중대한 영향을 끼친 루 안드레아스 살로메 부인을 만났다. 한때 니체의 애인으로도 유명했던 여인이다. 당시 릴케와 열렬한 연애 관계에 있었다는 것을, 루는 사후에 발표된《생애의 회고》에서 명백히 밝히고 있다. 그 관계가 청산된 뒤에도 그녀는 평생 동안 릴케가 정신적으로 의지한 친구였다.

청년 시절의 두 번에 걸친 러시아 여행은 그를 개성적 시인으로 성장하게 했다. 첫 번째는 1899년 4월 말에서 6월 중순까지, 두 번째는 1900년 5월 초에서 8월 말까지였다. 첫 번째 여행 때는 루 부부가, 두 번째 여행 때는 루가 동행했다. 그는 두 번의 여행에서 모두 톨스토이를 만날 수 있었다. 그는 러시아의 자연, 풍물, 인간 가운데 무한한 예감을 느끼고, 그가 추구하는 신神을 느꼈다. 동시에 시인으로서도 모방 시대를 탈피하고 개성적인 길을 걷게 되었다. 이 무렵을 전후하여 시집《나의 축제를 위하여》와 소설집《사랑하는 하느님 이야기》를 발표했다. 또한 러시아 체험을 기초로 한《기도시집》의 1부〈수도 생활의 서書〉를 탈고했다.《나의 축제를 위하여》는 프라하의 풍물시風物詩에서 출발한 그 이전의 모방 시대를 마무리하는 것으로서 시인의 기본 감정이 자연 속에 표출되어 있다. 그것이 〈수도 생활의 서〉에서 강렬하게 개성적 비약을 이룬 것이다. 여기에는 러시아 체험으로 깊이 배양된 신의 추구가 노래되어 있으며,《사랑하는 하느님 이야기》는 그 동화적인 뒷받침이 되고 있다.

두 번째 러시아 여행에서 돌아온 후, 그는 북부 독일의 화가 촌 보르프스베데를 방문했다. 그곳에는 친구인 청년 화가 하인리히 포겔러가 있었다. 그곳에서 한 달 남짓 지낸 생활은 다감한 청년에게 많은 수확을 안겨주었다. 그는 그곳에서 여성 화가 파울라 베커와 여성 조각가 클라라 베스트호프를 알게 되었다. 이듬해인 1901년에 클라라 베스트호프와 결혼하여 보르프스베데의 이웃 마을인 베스터베데에 새살림을 차렸다.

결혼 직후《기도시집》의 2부 〈순례의 서〉와《형상시집形象詩集》을 썼다. 〈순례의 서〉에서는 러시아에서 얻은 체험이, 베스터베데 생활의 조용한 응시와 더불어 한없이 내부의 깊이를 추구해가는 모습으로 그려져 있다.《형상시집》에서는 나중에 나온《신시집新詩集》의 선구가 되는 요소를 느낄 수 있다.

아내 클라라는 로댕의 제자였다. 이 무렵 릴케는 로댕의 〈물物의 구성〉에 강한 흥미를 느끼고 있었다. 그는 로댕과 직접 만남으로써 로댕 예술의 신비를 알아내려고 했다. 움직일 수

작품 해설

없는 물物 자체의 모습을 정시하려고 했다. 때마침 의뢰된《로댕론論》을 쓰기 위하여 그는 홀로 파리로 갔다. 1902년 9월 1일, 그는 처음으로 로댕을 방문했다. 이후 로댕의 예술에 심취하여 중기의 창작에 압도적 영향을 받았다. 한때 로댕의 비서로서 로댕의 집에 함께 기거한 적도 있었다. 그는 로댕에게서 받은 영향을 다음과 같이 말하고 있다. "러시아는 어느 의미에서 나의 체험과 수용의 근저가 되었다. 이와 마찬가지로 1902년부터 시작된 파리, 저 이를 데 없는 파리는…… 내 구성 의욕의 기조가 되었다. 그것은 로댕의 위대한 영향에 의한 것이었다. 그는 천박한 서정성과 활발하기는 하지만 발전이 없는 감정에서 생기는 값싼 개연성을 내게서 제거하는 것을 도와주었다. 그것은 마치 화가나 조각가처럼 철저하게 자연을 이해하고 그것을 재창조하며 자연에 직면하여 작업하는 것을 의무로 하는 가르침에 대한 것이다."《신시집》,《신시집 별권別卷》,《말테의 수기》 등 그의 중기 작품은 모두 로댕에게 강력한 영향을 받고 있다. 그리고 파리에 온 이듬해 이탈리아의 비아레조에서《기도시집》의 3부〈빈곤과 죽음의 서〉를 완성했다.

《신시집》과《신시집 별권》은 중기 릴케의 대표적 시집이다. 이 두 시집은 경향적으로나 형식적으로나 완전히 같은 것이다. 젊을 때의 서정시가 감상적 감정으로 흐르고 있는 데 비하여, 이들 시는 객관적 시라고 말할 수 있을 만큼 주관적 서정이 후퇴한 표현을 보이고 있다. 동식물원의 인상, 거리의 인상, 여행, 옛 사원, 그리스 신화의 많은 소재, 신·구약성서의 자료, 옛 조각에 대한 감개 등 하나같이 객관적 수법에 따른 묘사가 전면에 강하게 나타나 있다. 물론 거기에는 시인의 강렬한 서정이 내재되어 있다. 이들 작품 중에서 뛰어난 것은 애정을 억제하면서도 내적 구성의 복잡한 배음倍音에 성공하고 있지만, 소재와 표리의 조응照應이 결여된 것도 있다. 그러나 이들 중기의 시작품은 만년의 거작 《두이노의 비가悲歌》에서 나타나는 표현의 배경이 되었다.

《말테의 수기手記》는 그의 유일한 장편소설이라는 점에서, 그리고 그 내용이 특이하다는 점에서 커다란 의미를 가지는 작품이다. 그는 1904년 2월 8일 로마에서 이 작품에 착수하여 1910년 1월 27일 라이프치히에서 탈고할 때까지 만 6년 동안 심혈을 기울였다. 이 소설에는 줄거리의 전개가 없고, 제목 그대로 주인공 말테의 수기를 모은 것이다. 여기에는 사랑, 죽음, 병과 불안, 고독, 신의 문제 등 시인이 진지하게 대결할 여러 문제가 내면적인 풍요와 조각적인 수법으로 섬세하게 그려져 있다. 죽음과 병을 다루고 있지만 퇴폐적이 아닌 드맑은 눈으로 현상現象의 근저를 바라보고 있다.

《말테의 수기》를 단락으로 하여, 그의 생활은 연가戀歌의 세계로 옮겨 갔다. 《말테의 수기》가 완성될 무렵, 그는 친구 루돌

작품 해설

프 카스너의 소개로 마리 폰 투른 운트 탁시스 호엔로에 후작 부인을 알게 되었다. 그녀는 유럽의 명문 호엔로에 가家 출신이었다. 릴케에게는 어머니와도 같은 이 부인은, 드물게 보는 성품이 고귀하고 교양이 높은 사람이었다. 이 시인의 만년은 후작 부인의 정신적·물질적 도움에 힘입은 바 크다.

1910년 2월 말, 릴케는 북아프리카로 여행을 떠났다. 4개월에 걸친 여행이었다. 이집트에서의 체험은 시인의 시야를 확대하고, 나중에《두이노의 비가》의 소재로서 그의 정신 영토에 되살아났다.

1912년 1월, 탁시스 후작 부인의 초청으로 두이노 성城을 방문한 릴케는 갑자기 하나의 시상이 떠올랐다. 지금까지와는 전혀 다른 발상이었다. 이때 이 성에서 제1, 제2 비가가 단숨에 완성되고 제10 비가의 일부가 쓰였다.《두이노의 비가》를 향한 새로운 걸음이 시작된 것이다. 이해 2월 초순부터 다음 해인 1913년 2월까지 릴케는 스페인을 여행했다. 그레코의 그림에서 강한 감명을 받은 것이 이 여행의 동기였다. 스페인 여행에서 릴케는《두이노의 비가》에 대한 많은 시상을 얻었다. 이 여행 중에 제6, 제9 비가의 일부, 그 밖에 여러 편의 시와 산문을 얻었다. 그 후 파리에서 제6 비가를 완성하고, 제10 비가를 계속하고 있었으나, 1914년 7월 말에 발발한 제1차 세계대전 때문에 그 완성이 늦어지고 말았다.

1914년 1월 말, 당시 파리에 있던 릴케는 미지의 여성에게서 열렬한 편지를 받았다. 이 편지를 계기로 그들은 서로 사랑하게 되었다. 릴케가 벤베누타라고 부르던 이 여인은 여성 피아니스트 마그다 폰 하팅베르크였다. 6개월 후에 두 사람의 공존 생활에서 오는 위험성을 예언한 벤베누타의 제의로 그들은 헤어졌다.

세계대전은 릴케에게 한없는 심신의 피로를 주었다. 1916년 1월, 릴케는 오스트리아 육군에 복무하게 되었다. 몸이 허약한 그는 말로 다 할 수 없는 고통을 겪어야 했다. 친구들의 열성적인 운동으로 그해 6월에 제대할 수 있었다. 그는 전쟁 중 여류 화가 루 알베르 라자르 부인을 알게 되어 크게 위안을 받았다. 또 전쟁 중에 그가 파리에 남겨두고 온 재산이 적성재산敵性財産으로 지목되어 경매당하고 말았다. 그러나 슈테판 츠바이크, 로맹 롤랑, 앙드레 지드 등의 노력으로 그중 소수를 구해낼 수 있었다. 1919년 6월 11일 스위스에서 하는 강연을 의뢰받고 그는 뮌헨을 떠나 취리히로 향했다. 처음부터 스위스에 영주할 생각은 아니었으나, 그 후 다시 독일로 돌아가지 않았다.

1920년 11월 이르헬의 베르크 성城에 주거를 정했다. 여기에서 전쟁 때문에 오랫동안 단절되어 있던 창작의 실마리를 비로소 풀 수가 있었다.《C. W. 백작의 유고에서》라는 일련의

작품 해설

시작품을 얻었다. 다음 해인 1921년 7월에 발리스 지방에서 뮈조트 성城을 발견, 이윽고 이곳에 살게 되었다. 뮈조트 성은 13세기에 세워진 옛 건물로서, 전등도 수도도 없는 고원 속에 있는 고탑孤塔이었다. 1922년 2월, 가정부 한 사람과 함께 살고 있는 이 오랫동안 단절된 생활 속에서,《두이노의 비가》의 시상이 폭풍처럼 시인을 엄습해왔다. 이때 제7, 제8, 제5 비가가 일시에 완성되고 단편으로 남아 있던 다른 미완의 비가들도 완성되었다. 그뿐만 아니라 전혀 예기치 않던《오르페우스에게 바치는 소네트》55편도 단숨에 쏟아져 나왔다. 그는 시인의 사명을 다한 것 같은 기쁨을 느꼈다. 이 열 편의 비가에 릴케의 가장 근본적인 사상이 전개되어 있다. 무상·사랑·죽음·인간 내부의 황폐, 인간의 운명, 영웅 찬양, 삶의 송가, '열려진 세계' 인간 존재의 사명, '세계 공간에의 진입' 등. 이것들이 격조 높은 독일어로 독자에게 독특한 감명을 준다.《오르페우스에게 바치는 소네트》는 우연히 쏟아져 나온 산물이지만, 심원한 사상과 갖가지 추억이 싱싱한 소네트로 노래되어 있다.

《두이노의 비가》와《오르페우스에게 바치는 소네트》를 끝낸 릴케는 20세기의 지성, 프랑스의 시인 폴 발레리에게 존경과 공감을 느끼고 그의 작품을 번역하는 데 몰두했다. 그리고 조심스럽게 프랑스어로 시작을 시도했다. 이들 시는 발레리의 찬양과 격려에 힘입어 프랑스 잡지에 발표되었다.《과수원》,

《장미》, 《창窓》 등은 프랑스어 시집이다.

발라디네 클로소브스카 부인과의 만년의 사랑은 그에게 밝은 위안을 주었지만, 창작과 사랑 사이의 갈등에서 많은 고난도 겪지 않을 수 없었다. 그는 스위스에서 베르너 라인하르트, 분덜리 폴카르트 부인 같은 귀중한 친구를 얻었다. 스위스의 생활이 해마다 점점 풍족해진 것은 이들 우정에 힘입은 바가 크다. 1925년 1월부터 8월까지 그는 추억의 파리를 다시 찾았다. 지드, 발레리 등 많은 옛 친구를 만나고 또 새로운 친구도 얻을 수 있었다. 이때 파리에 머물며 그는 모리스 베츠의 《말테의 수기》 불역佛譯을 도왔다.

1926년 10월 초순, 뮈조트 성의 정원에서 장미를 꺾다가 왼쪽 손가락에 가시가 박혔는데, 그것이 화농하여 백혈병 증세를 나타냈다. 마음과 정신이 모두 지친 그는 이 병을 이겨낼 수가 없었다. 그리하여 1926년 12월 29일 오전 5시, 그는 발몽 요양소에서 51년의 생애를 마쳤다. 그의 유해는 유언에 따라 라롱의 묘지에 묻혔다.

II. 작품 해설

《젊은 시인에게 보내는 편지》는 가장 적절한 릴케 입문서라 할 수 있다. 여기에서 릴케는 어린 시절의 추억, 고독, 불안, 사랑, 성, 모성 등을 다루고 있기 때문이다. 이들은 릴케의 주요 테마 중에서도 가장 기초적인 테마이다. 그러므로 릴케를 알고 싶어 하는 사람, 문학이나 예술을 지망하는 사람, 인생을 진지하게 생각하고 인생을 진지하게 살고 싶은 사람은 이 책을 읽을 필요가 있다. 이 책은 문학 하는 것이, 예술 하는 것이, 고독이, 사랑이, 그리고 인생이 얼마나 어려운 것인가를 가르쳐주고 있다.

《젊은 여인에게 보내는 편지》는 리자 하이제 부인에게서 받은 신상 상담에 대한 릴케의 회답이다. 그 문장이나 내용이 너무 난해하여, 젊은 독자들이 이해하기에는 좀 힘겨울지 모르겠으나, 그래도 정독해볼 필요가 있다. 참다운 우정이 어떤 것인지를 잘 보여주고 있기 때문이다.

송영택

R. M. 릴케 연보

1875년	12월 4일, 보헤미아의 옛 수도 프라하에서 출생.
1886년(11세)	부친의 희망으로 장크트 푈텐의 육군유년학교 입학.
1890년(15세)	육군유년학교 졸업 후 메리시 바이스키르헨의 육군사관학교 진학.
1891년(16세)	신체 허약으로 육군사관학교 중퇴. 9월, 린츠의 상업전문학교 입학.
1892년(17세)	상업전문학교 중퇴. 프라하로 돌아가 다시 고등학교 졸업 시험을 치르고 프라하 대학 재적在籍.
1894년(19세)	시집《인생과 노래》출간.
1896년(21세)	프라하를 떠나 뮌헨 대학 전학. 시집《가신에게 바치는 제물들》,《꿈의 관을 쓰고》출간.
1897년(22세)	시집《강림절》출간.
1899년(24세)	첫 번째 러시아 여행.《기도시집》1부〈수도 생활의 서書〉집필.
1900년(25세)	두 번째 러시아 여행. 시집《나의 축제를 위하여》출간.

1901년(26세)	《기도시집》 2부 〈순례의 서〉 집필. 러시아 여행에서 돌아와 독일의 화가촌 보르프스베데에서 생활. 클라라 베스트호프와 결혼.
1902년(27세)	로댕을 찾아서 파리행.
1903년(28세)	《기도시집》 3부 〈빈곤과 죽음의 서〉 집필.
1904년(29세)	《사랑하는 하느님 이야기》 출간.
1905년(30세)	《기도시집》 1, 2, 3부를 합본해 출간.
1907년(32세)	《신시집》 1부, 《로댕론》 집필.
1909년(34세)	《신시집》 2부 완성하여 합본해 출간.
1910년(35세)	《말테의 수기》 출간.
1914년(39세)	독일 여행 중 1차 세계대전으로 1915년 입대, 지인들의 주선으로 1916년 제대. 뮌헨에서 칩거 생활. 《시집》 출간.
1919년(44세)	대전이 끝나자 스위스 여행.
1921년(46세)	뮈조트 성으로 들어가 죽을 때까지 이곳에서 고독한 생활을 함.
1923년(48세)	10년 전 두이노의 성에서 시작한 《두이노의 비가》, 《오르페우스에게 바치는 소네트》 탈고.
1926년(51세)	12월 29일, 패혈증으로 사망.

옮긴이 **송영택**

서울대학교 문리과대학 독문과를 졸업하고 서울대학교 강사로 재직했으며,
시인으로 활동하면서 한국문인협회 사무국장과 이사를 역임했다.

저서로는 시집《너와 나의 목숨을 위하여》가 있고, 번역서로는 괴테《젊은 베
르테르의 슬픔》,《괴테 시집》, 릴케《말테의 수기》,《어느 시인의 고백》,《릴케
시집》,《릴케 후기 시집》,《사랑하는 하느님 이야기》, 헤세《데미안》,《수레바
퀴 아래서》,《헤르만 헤세 시집》, 힐티《잠 못 이루는 밤을 위하여》, 레마르크
《개선문》등이 있다.

찬란한 고독을 위한 릴케의 문장

젊은 시인에게 보내는 편지

1판 1쇄 발행 2018년 5월 10일
1판 6쇄 발행 2025년 3월 30일

지은이 라이너 마리아 릴케 ｜ 옮긴이 송영택
펴낸곳 (주)문예출판사 ｜ 펴낸이 전준배
출판등록 2004. 02. 11. 제 2013-000357호 (1966. 12. 2. 제 1-134호)
주소 04001 서울시 마포구 월드컵북로 21
전화 02-393-5681 ｜ 팩스 02-393-5685
홈페이지 www.moonye.com ｜ 블로그 blog.naver.com/imoonye
페이스북 www.facebook.com/moonyepublishing ｜ 이메일 info@moonye.com

ISBN 978-89-310-1086-2 03850

• 잘못 만든 책은 구입하신 서점에서 바꿔드립니다.

❀문예출판사® 상표등록 제 40-0833187호, 제 41-0200044호